EL
CIELO
SOBRE
ORÁN

Fernando Gamboa

Twitter & Facebook
www. gamboaescritor.com

Dedicado a Teresa Márquez

1

23 de julio de 1941
Cartagena, España

A pesar de estar ya bien entraba la tarde, un sol inclemente descollaba a dos cuartas sobre el Castillo de Galeras, derrochando energía como si pretendiera hervir el agua de la bahía antes de desaparecer tras el horizonte.

Bastante más abajo, un pequeño carguero de cincuenta metros de eslora, con el nombre peculiar de *Pingarrón* escrito con pintura blanca en las amuras, permanecía amarrado al muelle de Alfonso XII del puerto de Cartagena. En su repintada cubierta, un hombre en mangas de camisa, alto, de pelo negro desordenado y una cicatriz en la mejilla izquierda, se asomaba a la bodega principal desde la cubierta, dirigiendo la descarga de una aparatosa máquina de lavado de mineral destinada a las minas de plomo de La Unión.

—Ahí lo tienes, Jack —dijo volviéndose a medias, levantando el pulgar—. Ahora súbelo. Muy despacio.

Joaquín «Jack» Alcántara, a los mandos de la grúa de la nave; más bajo, grueso y con una poblada barba oscura rodeando su semblante inquieto, accionó el motor del cabrestante, y el cable de acero comenzó a enrollarse en el tambor con un quejido metálico.

—*Cagundeus…* —gruñó con acento gallego, viendo el esfuerzo que se le estaba exigiendo al motor—. Esa cosa pesa como un muerto.

—No te preocupes —lo tranquilizó Alex Riley, alzando sus ojos ambarinos hacia la temblorosa cruceta de la grúa, muy arriba sobre su cabeza—. Aguantará —Y en voz baja añadió—: Espero.

Cinco metros por debajo, en el interior de la bodega, un mulato de aire melancólico, un gigante con cara de loco y una muchacha guapa y risueña contemplaban cómo la máquina se elevaba penosamente, rezando en silencio para que aguantaran los anclajes con los que la habían asegurado al gancho de la grúa.

—¡César, Marco, Julie! —los avisó el capitán Riley desde cubierta—. Haceos a un lado. Si esta cosa se cae, no quiero tener que recogeros con un cubo.

Sin necesidad de que se lo repitieran dos veces, el mecánico de origen angoleño, el mercenario yugoeslavo y la joven que ejercía de piloto de la nave dieron un par de precavidos pasos hacia atrás.

Centímetro a centímetro, la enorme máquina de lavado de mineral emergió por la escotilla de la bodega, como un feo monstruo de acero gris saliendo de su madriguera.

—Ya está. Para —ordenó Riley a su segundo en cuanto la carga superó la altura de la borda—. Ahora muévelo a estribor, con cuidado de que no se balancee.

Jack Alcántara estuvo a punto de replicar que sabía lo que se hacía, pero se encontraba tan tenso que sus dientes se negaron a separarse para permitirle hablar.

Lo que sí hizo fue manipular las palancas de la grúa para seguir las indicaciones de su capitán y, una vez la carga alcanzó la vertical del muelle de hormigón, accionó el desenrollado del cabrestante aún más lentamente que antes, hasta que el pesado artefacto se posó con un crujido sobre los palés de madera que le servían como asiento.

Cuando el cable de acero se destensó al fin, libre del peso, el gallego dejó escapar un suspiro de alivio y, cerrando los ojos, se secó el sudor de la frente con la manga de la camisa.

—Muy bien, Jack —lo felicitó su capitán, volviéndose hacia él desde la regala—. Como una pluma.

El gallego abrió los ojos y asintió ante el cumplido, aún demasiado tenso como para hablar.

—¡Muy bien también ahí abajo! —alzó la voz el capitán, para los que estaban en la bodega—. Venga, poneos ropa limpia y os invito a unos vinos en el bar de Lola.

Una hora más tarde, irreconocibles tras una ducha y ponerse ropa limpia, la tripulación del Pingarrón al completo bajaba por la Cuesta de la Baronesa, bromeando sobre el exceso de colonia con el que se había rociado Marovic.

—*Carallo*, Marco —se quejó Jack arrugando la nariz—. Hueles como una puta barata.

El enorme yugoeslavo miró de arriba abajo al gallego, como si evaluara la posibilidad de estamparle un puñetazo.

—Entonces, te gusta, ¿no? —replicó con una sonrisa peligrosa.

—Eso pregúntaselo a tu madre —ladró el gallego.

—Ah, *mon dieu*, callaos los dos —los interrumpió Julie alzando la mano—. Mirad.

Al doblar la esquina, se habían topado con una interminable fila de hombres, mujeres y niños desharrapados, que aguardaban impacientes su turno frente a un despacho de cartillas de racionamiento, vigilados por un par de guardias civiles con tricornios y fusiles máuser al hombro. Su mirada se dirigió automáticamente hacia los tripulantes del Pingarrón, que en comparación con aquella gente de aspecto famélico y ojos cansados que sufría los dramáticos efectos de la posguerra, se veían tan saludables y bien alimentados como los más ricos del lugar.

11

—*Merda* —murmuró César al pasar junto a ellos en la estrecha calle.

—Me siento culpable —añadió la francesa llevándose la mano derecha al estómago.

—No tienes por qué —apuntó Riley sin dejar de caminar—. Ya hacemos todo lo que podemos por ayudarlos.

—¿En serio? —inquirió Jack en voz baja, contemplando a sus desafortunados compatriotas—. ¿El estraperlo cuenta como ayuda?

—Les estamos proporcionando productos que de otro modo no podrían conseguir.

—Oh, sí. Les vendemos champán, paté, caviar… Somos unos jodidos héroes.

El capitán Riley se detuvo en seco y se encaró a él, silenciándolo con la mirada.

—Si quieres, puedes regalarles tu parte.

—No me refería a eso —refutó el gallego.

—Pues yo sí —replicó Riley y, acercándose aún más a su segundo, siseó—: Ya hice mi parte cuando combatí por esta gente en las Brigadas Internacionales.

—Lo sé, yo también estaba ahí —contestó en el mismo tono—. ¿Recuerdas?

—*Capitaine…* —intervino la francesa tomándolo del brazo.

—¿Qué? —ladró Alex.

Entonces se dio cuenta de que no solo los miraban las decenas de personas que esperaban su cartilla de racionamiento, sino que también los dos guardias civiles los estudiaban con excesivo interés. Por experiencia, todos sabían que nunca era bueno despertar el interés de ese cuerpo de policía militarizada. Aún menos cuando su auténtico negocio era el contrabando y llevaban un cargamento oculto tras un falso mamparo de la bodega de la nave.

—Vámonos —ordenó el capitán a sus tripulantes, y bajando la cabeza continuaron su camino hasta la cercana calle Cuatro

Santos, donde un par de toneles carcomidos flanqueaban la entrada a la taberna de Lola, como pintorescas garitas de un cuartel.

El interior del pequeño bar recordaba a una vieja bodega, por el frescor de cueva, la hospitalaria oscuridad y el penetrante olor a vino agriado que, más que desagradable, evocaba un sentimiento de familiaridad, como de vuelta al hogar. Contribuía a esa sensación de encontrarse en una cava el hecho de que el lugar estaba apenas iluminado por un par de lámparas de petróleo a media luz y que del techo colgaban varios ganchos vacíos, tiesos como estalactitas. Durante años, de esos ganchos habían pendido jamones, salchichones y chorizos cantimpalos; ahora no quedaban ni los cordelitos como recuerdo.

Un par de toneles como los de la calle hacían las veces de mesas, y una barra de madera ennegrecida cubierta de corazones y fechas torpemente tallados a navaja separaba las barricas de vinos con sus precios escritos a tiza de la clientela del local. Aunque en ese momento solo había un cliente, un hombre con uniforme de la marina mercante y pelo cano cortado a cepillo sentado en un taburete de la esquina, mirando con fijeza el vaso de vino a medio beber que descansaba sobre la barra.

Entonces apareció Lola, una mujer de edad difícil de precisar pero más cerca de los cuarenta que de los treinta, casi tan delgada como el resto de los cartageneros, pero cuyos chispeantes ojos negros y exuberantes curvas, que esa tarde resaltaban bajo un ceñido vestido rojo, hacían de ella una legítima atracción local. Viuda de un alférez de corbeta y ya sin luto al que velar, derrochaba guiños y miradas insinuantes para disculpar el vino aguado, y no eran pocos los marinos que recalaban en aquella taberna solo por el placer de cruzar unas palabras con ella.

—¡Benditos los ojos! —exclamó al verlos, iluminando el local con su legendaria sonrisa—. Hace tanto que no veníais a verme que pensé que os habían hundido los ingleses o los alemanes.

13

—No exageres —respondió Riley, tomándole la mano por encima de la barra para plantarle un beso en ella—. No hace ni un mes que vinimos.

—Dos —lo corrigió Lola levantando dos dedos.

—¿En serio? —Se giró hacia sus tripulantes, que asintieron al mismo tiempo.

—¿Y vais a estar mucho tiempo en Cartagena? —preguntó la tabernera dirigiéndole una mirada de coquetería al capitán.

—Eso depende.

—¿De qué?

—De lo bien que me trates a mí —terció Jack, aprovechando la ocasión.

Lola desvió la vista hacia el orondo marino y le dedicó una sonrisa piadosa.

—Yo siempre te trato bien —alegó.

El gallego le dedicó un guiño.

—No tanto como yo quisiera.

La sonrisa de la bodeguera se convirtió en una mueca de cansancio.

—¿Y cómo va el negocio? —preguntó Riley acodándose en la barra.

La cartagenera abrió los brazos e inclinó la cabeza hacia el único cliente del local.

—Ya ves. —Resopló—. Si no fuera por él, ya me habría ido a casa.

El marino de la barra levantó la vista de su vaso y miró a la mujer, revelando un rostro anguloso, unos ojos color índigo y un acicalado mostacho pasado de moda treinta años atrás.

—¿A dónde iba a ir yo un domingo a estas horas? —protestó con voz rasposa mientras le tendía la mano al capitán—. Alfonso Pérez-Reverte —se presentó—, para servirle.

—Alexander Riley —contestó correspondiendo al saludo—. Y esta es mi tripulación.

14

El hombre miró a su espalda, dedicándoles un extrañado «buenas tardes» a la insólita cuadrilla.

—¿De dónde son ustedes? ¿Ingleses?

Alex hizo un gesto ambiguo en el aire, como cada vez que le formulaban esa pregunta, y respondió:

—De aquí y de allá.

—Comprendo… —mintió Pérez-Reverte, paseando la mirada por el hombretón de aire peligroso, el gordinflón de poblada barba, la risueña jovencita y el mulato melancólico que la tomaba de la mano—.¿Y hacia dónde se dirigen?

—Hacia ningún lado en realidad. Acabamos de descargar, y estaremos fondeados en la dársena hasta que nos salga algún trabajo.

Al marino mercante se le escapó un bufido por debajo del bigote.

—Pues les deseo mucha suerte. —Alzó su vaso de vino con una mueca irónica—. Aquí está todo muerto. Yo llevo meses esperando a que surja algo, pero esta posguerra está siendo ruinosa. El comercio casi ha desaparecido y, para colmo, la guerra en Europa no hace más que complicar las cosas.

Riley se encogió de hombros.

—Aun así, siempre surge algo.

—Pues discúlpeme si no comparto su optimis…

Antes de que Pérez-Reverte terminara la frase, un hombre en un traje cruzado gris de aspecto carísimo entró en el local, se quitó el sombrero y se plantó en el umbral. Paseó una mirada dubitativa entre los presentes con sus ojos glaucos durante unos instantes, para finalmente dirigirse al hombre con el uniforme de la marina mercante y el inconfundible acento, parte inglés y parte gaditano, de los nativos de Gibraltar.

—Buenas tardes. Estoy buscando al capitán Alexander Riley.

El marino, aún con el vaso de vino en la mano, alzó la barbilla en dirección a Riley.

—¿Quién es usted? —preguntó con desconfianza el capitán del Pingarrón, pensando en el material de contrabando que seguía oculto tras un mamparo de la bodega de carga.

—Nicholas Caruana.

Riley se dio cuenta entonces, al tenerlo de frente, de que el fulano tenía un ojo de color verde y otro azul. El efecto era desconcertante. Una sonrisilla despuntó bajo el fino bigote del recién llegado, consciente de la reacción que causaban sus ojos.

—¿En qué lo puedo ayudar… señor Caruana?

—Quiero contratarlo. Para un trabajo.

En boca de un gibraltareño, eso solo podía significar una cosa.

—Entiendo… —murmuró—. Pues siéntese con nosotros a tomar un vaso de vino —alzó un dedo hacia Lola para pedir que los sirviera—, y luego hablaremos de negocios.

El recién llegado miró el vino que Lola vertía en los vasos dispuestos sobre la barra como si hubiera estado sirviendo chupitos de salfumán.

—No hay tiempo para eso —objetó.

—Siempre hay tiempo para unos vinos —rebatió Jack tomando uno de los vasos y llevándoselo a los labios.

—Ustedes no lo comprenden. La persona para la que trabajo no admite esperas.

—¿Y qué persona es esa? —preguntó Alex con mal disimulado recelo.

Caruana negó con la cabeza.

—Mejor que no lo sepan… aún. —Miró de reojo a Alfonso.

Riley chasqueó la lengua con desagrado.

—Pues en ese caso y sintiéndolo mucho, no vamos a…

El capitán se quedó con la palabra en la boca cuando Caruana introdujo la mano en el interior de su traje cruzado.

Por un instante, Riley temió que fuera a desenfundar una pistola de la sobaquera. Pero lo que sacó fue un fajo de billetes verdes enrollados y atados con un cordoncito blanco.

16

Los levantó frente a su cara para que Riley pudiera verlos bien, y con extrema lentitud los dejó sobre la barra, como si temiera romperlos.

—Aquí hay cinco mil francos suizos en billetes de quinientos —anunció tranquilamente—. Y habrá otros cinco mil esperándoles cuando terminen el trabajo.

Un silencio incrédulo se apoderó de los presentes. Ninguno de ellos había visto tanto dinero junto en su vida.

—¡La virgen! —exclamó Lola con los ojos como platos.

—¿Esto… va en serio? —barbulló Jack sin quitarle la vista de encima a los billetes.

—Completamente —afirmó Caruana.

—¿Qué quiere que hagamos? —inquirió Riley, esforzándose por no parecer demasiado interesado.

—Que tomen ese fajo de billetes y vengan conmigo. No puedo adelantarles nada hasta que hayan aceptado el negocio.

—¿Y si aceptamos —intervino César— y luego cambiamos de opinión?

Caruana sonrió como un zorro a una liebre coja.

—Eso sería una terrible equivocación por su parte —advirtió con voz grave—. Si aceptan el trato, tendrán que cumplirlo.

—Sin saber de qué se trata —dijo Riley.

—Sin saber de qué se trata —confirmó Caruana.

Alex Riley consultó a sus tripulantes con la mirada. La última palabra era la suya, al igual que la responsabilidad si las cosas se torcían, pero desde sus años como brigadista en la guerra civil había adquirido el hábito de preguntar a los que estaban bajo su mando. De ese modo solía equivocarse menos y, sobre todo, dormía mejor por las noches.

—¿Qué me dices, Jack? —le preguntó a su segundo.

—No me fío. Pero es un montón de dinero.

—¿Eso es que sí?

El gallego vaciló un momento.

—Hagámoslo.

17

Miró a la joven francesa.

—¿Julie?

—*Oui.*

—¿César?

—*Sim.*

—¿Marco?

El yugoeslavo ni siquiera oyó la pregunta, de tan concentrado que estaba calculando con los dedos la parte que le correspondía.

—¿Marco?

—Doscientos, trescientos, cuatrocientos... —murmuraba ensimismado.

Riley puso los ojos en blanco y no se molestó en repetir la pregunta.

—Está bien, acepto —dijo y puso la mano izquierda sobre el fajo de billetes con precaución, como si temiera que le mordiera—. Ojalá no me arrepienta.

Entonces se acordó de Pérez-Reverte, que aún estaba allí a su lado, contemplando incrédulo la escena.

—Ya se lo he dicho —le dijo ufano y apenas conteniendo una sonrisa—: al final siempre aparece algo.

El marino de uniforme alzó su vaso una vez más y apuntó mordaz:

—Eso mismo dijo el capitán del Titanic.

2

El ostentoso casino era una isla de opulencia en el mar de desaliento de la ciudad de Cartagena.

Alex Riley miraba a su alrededor con asombro, pensando que no podía haber más contraste entre la bodega en la que acababa de estar y aquel edificio decorado con azulejos de Triana, muebles de Viena y arañas de cristal de Bohemia.

Distaban menos de doscientos metros el uno del otro, pero un muro invisible e insalvable los separaba desde el fin de la guerra civil, el que se había levantado en Cartagena y casi toda España, entre vencedores y vencidos. Una guerra fratricida que, aun habiendo terminado hacía casi dos años, seguía cobrándose cientos de víctimas anuales en aquella ciudad, donde cualquier sospechoso de haber colaborado o siquiera simpatizado con el bando republicano era encarcelado en el penal militar o directamente pasado por las armas en el infame campo de deportes del Arsenal.

Pero lo que de verdad inquietaba al capitán del Pingarrón era que buena parte de los parroquianos del casino eran oficiales del ejército a las órdenes de Franco, contra el que él mismo había luchado durante más de dos años.

Si alguno de aquellos militares llegaba a sospechar que había sido un miembro del Batallón Lincoln de las Brigadas Internacionales, antes de decir Jesús se vería con las manos atadas a la espalda y fumándose el último cigarrillo frente a un pelotón de fusilamiento.

Aunque trataba de parecer despreocupado mientras seguía los pasos de Caruana hacia el salón interior, todas las alarmas y sirenas en su cabeza le lanzaban desesperados avisos de peligro, como en un submarino que se estuviera yendo a pique.

Definitivamente, pensó mirando a su alrededor, había sido una buena idea mandar a la tripulación a cenar a una tasca cercana. Si su sola presencia ya despertaba miradas suspicaces entre los ociosos militares que charlaban en pequeños corros alrededor de las mesas, no quería ni pensar lo que habría supuesto aparecer ahí todos juntos.

—Aquí no parece que haya escasez, ¿eh? —le preguntó Caruana en voz baja mientras caminaba delante de él.

—¿Por qué hemos venido aquí? —inquirió Riley, tratando de no traslucir la creciente inquietud que sentía.

—Se come bien —repuso el gibraltareño.

—No me toque los huevos —siseó.

Nicholas Caruana se detuvo en seco, y su gesto adquirió una súbita gravedad.

—Tiene que ver a alguien.

—No he venido a hacer amigos —replicó Riley.

El gibraltareño sonrió sin humor.

—Y no los va a hacer, se lo aseguro —repuso sin más explicaciones, y siguió caminando.

Alex Riley vaciló un momento, pero terminó por seguirlo de mala gana.

No le gustaba en absoluto aquella situación, ni aquel lugar, ni encontrarse rodeado de militares que le pegarían un tiro sin dudarlo. Por encima de todo, no le gustaba aquel fulano con ojos de dálmata que llevaba la frase «puñalada trapera» pintada en la cara.

Tras atravesar el patio del casino, subieron por una aristocrática escalera de mármol hasta el primer piso, donde Caruana se detuvo frente a una puerta doble de madera a la que llamó con un repiqueteo de nudillos.

Al instante, un tipo trajeado y con aspecto de boxeador retirado asomó por la puerta. Le dedicó una mirada inquisitiva a Caruana y otra directamente recelosa al capitán.

—El señor March nos está esperando —le dijo el gibraltareño.

El corazón de Riley dio un vuelco al oír ese nombre. No imaginaba que pudiera ser él.

Joan March no solo era el hombre más rico de España, sino que el hecho de haber sido el principal financiador del golpe de estado de Franco le había granjeado un estatus e inmunidad comparables a los de los más altos cargos políticos y militares del estado. Pero lo que no aparecía en la biografía oficial, aun siendo un secreto a voces, era que el millonario mallorquín además era el mayor contrabandista y traficante de aquella España de la posguerra, y sus tentáculos se extendían más allá de las fronteras españolas, y tan pronto les vendía secretos militares a los ingleses como suministraba combustible en alta mar a los submarinos nazis con su flota de petroleros. Aquella completa ausencia de escrúpulos a la hora de hacer negocios, sumada a la impunidad de la que abusaba gracias a su amistad con Franco, hacían de él un hombre terriblemente peligroso y del que más valía mantenerse alejado.

Alex Riley comprendió que ya era tarde para dar media vuelta, cuando el grandullón de la puerta dio un paso atrás y les invitó a pasar con un gesto que se parecía demasiado a una amenaza.

La puerta se cerró tras ellos, y mientras un segundo gorila los cacheaba —a los dos, observó Riley con sorpresa—, se fijó en que habían entrado en una suerte de biblioteca, amueblada con algunos anaqueles de viejos libros encuadernados en piel y unos sillones orejeros alrededor de una mesita redonda.

Pero allí no había nadie.

—Esperen aquí —les ordenó el primer guardaespaldas en un tono que no daba lugar al debate.

Con un gesto, Caruana lo invitó a tomar asiento y el capitán del Pingarrón se arrellanó en uno de los sillones distraídamente. Su mente estaba muy lejos de allí, maquinando sobre posibles maneras de deshacer el trato y salir de aquel casino y aquella ciudad lo más rápido posible. Pero todos los futuros posibles que imaginaba terminaban con él y su tripulación en el fondo de la bahía con una piedra atada al cuello.

Otra cosa que todo el mundo sabía de Joan March era que no aceptaba un «no» por respuesta.

De pronto, una segunda puerta en el extremo opuesto de la biblioteca se abrió, y una atractiva pelirroja de unos treinta años, ojos azules e impecablemente vestida con falda y chaqueta gris, se asomó por ella. Le dedicó una larga mirada a Riley como si lo estuviera tasando, y a continuación le dirigió a Caruana una sutil inclinación de cabeza.

—Vamos —le dijo a Alex el gibraltareño, poniéndose en pie y abrochándose la chaqueta.

Riley titubeó de forma imperceptible antes de ponerse en pie y seguir los pasos de Caruana. Para su sorpresa, la mujer le dedicó un guiño juguetón justo antes de que franqueara la puerta hacia su peligroso —y probablemente breve— futuro.

Lo que supuso que sería un despacho resultó no ser más que una sala de lectura algo más pequeña que la biblioteca, en la que las gruesas cortinas bloqueaban toda la luz exterior y la iluminación se cedía a un par de raquíticas lámparas eléctricas que colgaban desganadas desde el alto techo.

La secretaria pasó junto a Riley y se situó tras un sillón orejero en el que un hombre de pequeña estatura y unos sesenta años, con traje azul y aspecto de notario venido a más, leía el periódico en silencio. Amplificados por unas gruesas gafas redondas de montura negra, los ojos del hombre parecían salirse de sus órbitas mientras reseguían las líneas de izquierda a derecha.

A Riley le vino a la cabeza la imagen de un reptil que había visto una vez en el sudeste asiático. Un bicho que cazaba con la lengua, cambiaba de color y tenía unos ojos enormes que podía mover a voluntad en cualquier dirección. La comparación de aquel lagarto atrapamoscas con el hombre que tenía enfrente le hizo soltar una risita involuntaria.

—¿Le hago gracia? —preguntó la voz atiplada del hombre, levantando la mirada del periódico.

Riley, volviendo a la realidad de sopetón, tragó saliva.

—Yo… eh, no. Claro que no —masculló.

—¿Sabe quién soy?

Ante el peligro de volver a balbucear, el capitán del Pingarrón asintió en silencio.

—Bien —dijo el hombre del sillón, aparentemente acostumbrado a que la gente tartamudeara ante él—. ¿Y sabe por qué está aquí?

—No… no exactamente.

El sexagenario le dirigió una mirada interrogativa a Caruana, de pie junto a Riley.

—Aceptó el dinero —aclaró ante la muda pregunta.

Los ojos amplificados del hombre volvieron a Riley.

—Ah, pues entonces sí que lo sabe. Lo que no sabe es lo que implica ese trato que ha aceptado.

—No tuve elección —alegó Riley.

De nuevo miró al gibraltareño, que pareció sobresaltarse levemente.

—¿Lo amenazaste u obligaste de algún modo, Nicholas?

—No, señor. Le puse el dinero delante y lo cogió.

—Entonces sí que tuvo elección, capitán Riley.

Alex no supo muy bien qué contestar a eso y, de cualquier modo, ya empezaba a sentirse incómodo ante aquel estúpido juego.

—¿Qué es lo que quiere de mí? —preguntó, en un tono bastante más impertinente del intencionado.

En la habitación se creó un súbito silencio. Tras dejar el periódico a un lado, March entrelazó los dedos y estudió de arriba abajo al hombre de ojos ambarinos que tenía delante.

—De usted no quiero nada —aclaró tranquilamente—. Lo que yo quiero es algo que lleva un hombre que ahora mismo está viajando en barco con destino a Orán, en la costa norte de Argelia. Algo que ese hombre ha robado y que yo desearía recuperar.

Riley parpadeó confuso.

—¿Un ladrón? ¿Quiere que atrape a un ladrón? Para eso está la policía.

Joan March meneó la cabeza.

—No me ha entendido. —Chasqueó la lengua, molesto—. El ladrón me da igual. Lo que quiero es la mercancía.

Riley asintió.

—Ya veo. Quiere que vaya a Orán y recupe…

—No —lo interrumpió—. Tiene que hacerlo antes de que llegue a Orán.

El capitán necesitó unos segundos para comprender lo que le estaba pidiendo.

—¿Quiere… —aventuró— que recupere esa mercancía en alta mar?

—Exacto.

—Pero ¿por qué no esperar a que desembarque?

—La mercancía no puede llegar a su destino bajo ningún concepto. ¿Está claro?

—Lo que usted me está pidiendo es abordar un barco en alta mar en tiempo de guerra. Eso tiene un nombre, y se llama suicidio.

—Si fuera sencillo —apuntó el hombre en el sillón—, no le pagaría diez mil francos suizos por el trabajo, ¿no cree?

Alexander Riley respiró profundamente, tratando de ordenar las ideas.

Simple y llanamente, le estaba proponiendo cometer un acto de piratería. Algo que iba en contra de sus más profundos principios morales y el mismo instinto de supervivencia. Él era contrabandista, no pirata. Si cruzaba esa línea y vivía para contarlo, ya nunca habría vuelta atrás. Resumiendo: si no aceptaba el trabajo con todo lo que ahora sabía, no saldría vivo del edificio, pero si lo aceptaba, aun en el improbable caso de que él y su tripulación sobrevivieran, estarían marcados durante el resto de sus vidas, y tarde o temprano acabarían colgados de una horca.

—Veinte mil —dijo finalmente, saliendo de sus cavilaciones.

—¿Cómo dice?

—Tendrá que pagarme veinte mil francos si quiere que hagamos el trabajo.

El millonario esbozó una sonrisa ante aquella inesperada petición.

—¿Qué le hace pensar que esto es un regateo? —preguntó divertido—. Usted aceptó diez mil. Ese es el trato.

—Ya no —insistió con firmeza el capitán—. Lo que me pide es muy complicado y puede tener unas consecuencias imprevisibles para mí y mi tripulación. De modo que acepto, pero no lo haré por menos de veinte mil.

La sonrisa se esfumó del rostro de March al comprobar que no se trataba de una broma.

—No me gusta que la gente falte a su palabra —musitó amenazador.

—Y no lo haré —aclaró Riley—. Solo estoy reajustando los términos del acuerdo. Hacerlo por menos sería una completa estupidez.

Para sorpresa de Alex, sin decir una palabra el banquero tomó el periódico que había dejado a un lado y se dispuso a leer de nuevo, como si aquella conversación no estuviera teniendo lugar.

La extraña situación se prolongó durante casi un minuto, en el que el capitán se mantuvo de pie y en silencio, esperando a que sucediera algo.

Finalmente, se volvió hacia Caruana para averiguar qué estaba pasando.

—¿Ya está? —le preguntó en susurros—. ¿Hemos ter…?

—Tiene cuarenta y ocho horas —dijo March de sopetón y sin levantar la vista de la lectura.

Riley abrió la boca para protestar, pero antes de que una palabra saliera de su boca, el banquero añadió:

—El *Genoa* hizo escala hoy al mediodía en Palma de Mallorca, y tiene prevista su llegada a Orán mañana por la tarde. Para entonces, usted ya habrá obtenido la mercancía y la entregará al día siguiente. —Pasó la página y levantó un nudoso índice en dirección a la pelirroja—. Mi asistente, Noemí, le dará los detalles necesarios.

El trato estaba cerrado. Riley comprendió que, le gustase o no, ya no había marcha atrás.

—De acuerdo —se oyó decir, con una confianza que no sabía de dónde venía.

Nicholas Caruana le hizo, ahora sí, un gesto con la cabeza para indicarle que tenían que irse.

El gibraltareño abrió la puerta y se hizo a un lado para dejar pasar a Riley. Cuando se disponía a marcharse, el banquero dijo a su espalda:

—Y, capitán…más le vale no decepcionarme. —Una sonrisa inquietante afloró en su boca mientras le clavaba los ojos de camaleón—. ¿Comprende lo que le digo?

Riley se giró y miró un instante al sexagenario, calibrando la amenaza implícita en sus palabras. Pero su vista se fue de inmediato a la pelirroja que aguardaba detrás.

En un gesto deliberadamente lento, la secretaria había sacado una navaja de barbero del bolsillo superior de su chaqueta. La abrió con un clic y paseó el filo por su generoso escote con una mueca provocadora. Una fina línea roja brotó de la herida y, exhibiendo una expresión de deleite, untó un dedo en la sangre y se la llevó a los labios, saboreándola con tal fruición que se le dilataron las pupilas.

Riley concluyó sin demasiado esfuerzo, que aquella mujer debía estar como una puta regadera.

El numerito de la navaja, al fin y al cabo, era un mensaje: una extraña forma de advertirle que, si la cagaba, tendría una muerte lenta y dolorosa.

El capitán del Pingarrón crispó los puños y, sin decir una palabra más, dio la espalda al banquero y su ayudante y salió de la habitación con gesto preocupado.

Si algo le había quedado meridianamente claro, era que aquello no podía acabar bien.

3

Apenas había transcurrido una hora desde que saliera por la puerta del Casino cuando, Alexander Riley manejaba el timón de su nave en la completa oscuridad del puente, mientras veía deslizarse por estribor la luz intermitente del faro de Punta Navidad.

—¡César! —llamó al mecánico del Pingarrón, acercando la boca al tubo acústico.

—Capitán —contestó la voz del portugués, dos cubiertas más abajo.

—Máquinas al máximo.

La respuesta inmediata fue algo parecido a un carraspeo:

—*Não* sé si es una *boa ide*...

—César —lo interrumpió Riley.

—¿Sí?

—No era una pregunta.

—Mmm… sí, claro. A la orden, *capitão*.

Seguidamente, Riley llevó la palanca de potencia hasta la posición de avante toda. Las revoluciones de los dos motores diesel Burmeister se incrementaron hasta hacer vibrar el barco entero con un sordo rumor mecánico.

A Riley no le gustaba en absoluto conducir la nave hasta ese punto de exigencia, pero el tiempo apremiaba y no podían llegar tarde a su cita con el *Genoa*.

—¡Julie! —llamó ahora a la francesa—. Ven al puente, por favor.

Treinta segundos más tarde, la joven abrió la puerta de madera de la casamata del timón.

—*Oui?* —preguntó risueña, asomándose como si esperara una sorpresa.

—Toma el timón —le dijo Riley, apartándose a un lado—. Ya estamos fuera de la bahía, pero ten cuidado con los pescadores y las redes —señaló un punto invisible al frente—: seguro que están faenando en la zona y ninguno lleva luces.

—No se preocupe, *capitaine* —contestó ella aferrando el timón—. ¿Rumbo?

—Sur hasta pasar Escombreras, y luego vira a sureste —le indicó, abriendo el cuaderno de bitácora y anotando la hora y posición.

—Sur hasta pasar Escombreras y luego sureste —repitió Julie con profesionalidad.

El capitán la miró de reojo y sonrió para sí ante la transformación que sufría la francesa cuando se ponía al timón. La veinteañera despreocupada y pizpireta se convertía, en un segundo, en una marinera capaz y responsable a la altura de muy pocos.

Después de echar un último vistazo al exterior, Riley salió del puente en dirección al salón principal de la nave.

Nada más cruzar la puerta, percibió el olor a café recién hecho que Jack estaba preparando en su vieja cafetera italiana.

—He pensado que nos iba a hacer falta —dijo el gallego.

—Sí, va a ser una noche larga —confirmó el capitán, acercándose directamente al escritorio donde se guardaban las cartas náuticas—. ¿Dónde está Marco?

—En su camarote, engrasando las armas. Está emocionado con la perspectiva de asaltar ese barco.

—No vamos a asaltar ningún barco —replicó Riley.

—Eso es lo que le he dicho… —Jack se encogió de hombros—. Pero ya lo conoces. ¿Quieres que vaya a buscarlo?

—No, déjalo. —Sacó una de las cartas y la extendió sobre la mesa del salón—. No estoy de humor para tratar con él ahora.

Jack sirvió el café en un par de tazas, colocó una frente a Riley y se sentó al otro lado de la mesa.

El capitán de la nave ya estaba trazando líneas y rumbos sobre la carta del Mediterráneo suroccidental, calculando velocidades, distancias y coordenadas a un ritmo que su segundo apenas era capaz de seguir.

—¿Este es el rumbo del *Genoa*? —preguntó señalando una línea que iba desde el este de Mallorca a la ciudad de Orán.

—El rumbo estimado —puntualizó Riley, contemplando la carta con expresión absorta y ambas manos apoyadas en la mesa—. Puede haber mil factores que les hayan hecho alterar la ruta.

—Entiendo… —dijo Jack, tomando un sorbo de su café—. Y esta línea que sale de Cartagena y se cruza con la otra somos nosotros.

—Así es.

—Y este punto —puso el dedo sobre el pequeño círculo que Riley había trazado con el compás—es el…

—Punto de intercepción.

—Donde tenemos que llegar antes de que lo haga el *Genoa*.

—Esa es la idea —asintió—. Pero nos va a ir muy justo.

—Para variar —bufó el gallego—. Pero la pregunta es ¿qué vamos a hacer cuando lleguemos? ¿Tienes algún plan?

Alex levantó la vista de la carta, miró a su antiguo camarada de armas y le sonrió con desazón.

—Confiaba en que tú tuvieras alguno.

El gallego se rascó la barba con aire pensativo.

—¿Rezar cuenta?

—Creo que tienes que ser creyente para que funcione.

—Ah, *carallo*…—se lamentó— Eso lo explicaría todo.

Jack se reclinó sobre la carta y resiguió con la vista las líneas que había trazado Riley a lápiz, como si pudiera encontrar allí la solución.

—¿Cuánto tardaremos en llegar a ese punto de intercepción?

—Está a unas noventa millas. Así que, manteniendo esta velocidad, estaremos allí a eso de las tres de la madrugada.

—Y el *Genoa* debería aparecer…

—Calculo que entre las seis y las nueve de la mañana.

—Para entonces ya será de día —se lamentó Jack—. Será imposible acercarnos sin que nos vean.

—A menos que todos a bordo sean ciegos, pero yo no contaría con esa posibilidad.

—¿Y cómo vamos a hacerlo?

—No tengo ni la más remo…

Riley calló de golpe.

La puerta exterior del salón se había abierto y había aparecido Marco Marovic, con su inseparable metralleta Thompson en bandolera, dos cananas colmadas de munición cruzándole el pecho, y al cinto una lustrosa pistola Astra 400 de 9 milímetros.

—Ya estoy listo —dijo ensanchando una sonrisa siniestra al tiempo que le daba un golpecito a la culata de la Thomson.

Riley parpadeó un par de veces antes de preguntarle:

—¿Pero qué demonios…?¿Qué crees que estás haciendo, Marco?

—Pues… prepararme —respondió confuso, como si le hubiera preguntado por qué se había puesto pantalones.

—Ya te expliqué antes de zarpar que no vamos a asaltar ese barco. No quiero que haya sangre. ¿Me comprendes?

Marovic miró brevemente a Jack buscando un gesto de complicidad, pero solo vio una mueca de diversión.

—Pero… puedo disparar al aire —casi rogó el yugoeslavo—. Solo para asustarlos.

—Ni sangre ni tiros —matizó Riley en un tono casi pedagógico—. Y antes de que me lo preguntes, tampoco explosiones.

El chétnik frunció el ceño, enfurruñado como un niño al que le prohíben salir a jugar con sus amigos.

—Eso es estúpido —escupió con su habitual diplomacia.

—No me toques los cojones, Marco. No tengo tiempo para esto.

Marovic meneó la cabeza con frustración.

—Solo quería ayudar.

Jack puso los ojos en blanco.

—Está bien —consintió Riley—. Pues si quieres ayudar, ayuda —señaló una de las sillas junto a la mesa—, pero antes quítate de encima toda la artillería. Me pones nervioso.

El yugoeslavo resopló hastiado. De mala gana se pasó la cincha de la Thompson por encima de la cabeza y dejó la metralleta sobre la mesa de madera con un golpe seco. Hizo lo mismo con las dos pesadas cananas de la munición, y a continuación, se desabrochó el cinto del que pendía la Astra 400.

Alex y Jack intercambiaron una mirada de estoicismo.

Marovic levantó el pie derecho, lo apoyó en la silla y se levantó la pernera del pantalón, dejando a la vista una tobillera en la que llevaba oculto un pequeño revólver plateado que también dejó sobre la mesa. En un movimiento fluido, cambió una pierna por otra y del tobillo izquierdo sacó un voluminoso cuchillo de caza, que colocó en la mesa junto a todo lo demás.

—¿Ya está? —preguntó Riley con sorna, como si le pareciera poco—. ¿Eso es todo?

Marovic pensó un momento, y al palparse la ropa para estar seguro recordó una última cosa. Metió la mano en el bolsillo izquierdo, del que sacó un estrecho cilindro de color rojo con una mecha en el extremo.

—No me jodas… —prorrumpió Jack, alzando las cejas con asombro.

—¿Dinamita? —le espetó Riley poniéndose en pie de golpe, mirando alternativamente a Marco, al cartucho y de nuevo a Marco—. ¿Llevas dinamita en mi barco? ¿Pero es que has perdido el juicio?

—Es solo por si acaso —arguyó inocentemente.

—¿Por si acaso? ¿Por si acaso, qué? ¿Por si acaso nos quieres volar a todos por los aires?

—Sé lo que me hago —se defendió el yugoeslavo—. Los tengo bien guardados.

Riley soltó una carcajada de pura incredulidad.

—¿Los? ¿Pero cuántos...? —comenzó a preguntar—. ¡Te voy a...!

La mano de Jack agarró el antebrazo de Riley.

—Alex, cálmate.

El capitán del Pingarrón abrió la boca para replicar a su amigo, pero este lo apremió a que volviera a sentarse.

—No hay tiempo para eso —dijo el gallego.

Riley vaciló, pero por fin chasqueó la lengua y volvió a tomar asiento.

—Tienes razón... Luego zanjaremos ese asunto de la dinamita —Trató de retomar la conversación pero sin dejar de mirar el cartucho que ahora descansaba sobre la mesa—. ¿Por dónde íbamos?

—Estabas a punto de explicarme un brillante plan para abordar el *Genoa* sin ser vistos, cometer el robo y regresar al Pingarrón antes de que se den cuenta de lo que ha pasado.

—Ojalá fuera tan fácil. —Bufó—. De noche habríamos tenido alguna posibilidad, pero a plena luz del día... —meneó la cabeza— no se me ocurre manera alguna sin levantar sospechas. No en mitad de una guerra.

—Recuerdo que cuando de niño emigré con mis padres a Estados Unidos, durante la Gran Guerra —refirió Jack—, días antes los alemanes habían hundido el *Lusitania* frente a la costa de Irlanda. Los oficiales del barco en el que íbamos se pasaron toda la travesía vigilando el mar con los prismáticos y nuestro barco se alejaba de cualquiera que se aproximara a menos de dos millas. Así que imagino que el capitán del *Genoa* estará aún más paranoico.

—Y con toda la razón —apuntó Riley—. El Mediterráneo se ha convertido en un mar muy peligroso. Tenemos que encontrar el modo de...

—Tengo algo que decir —intervino Marovic, que se había sentado y pasaba el dedo distraídamente por el filo del cuchillo de caza—. ¿Puedo?

Los dos exbrigadistas lo miraron con suspicacia.

—Mientras no tenga nada que ver con el uso de armas o dinamita... —le advirtió Riley.

—Cuando era pequeño —evocó el mercenario—, cerca de la aldea donde vivía, apareció un gran oso negro, que casi todas las semanas mataba una vaca o una oveja. Era un oso muy listo —continuó sin dejar de jugar con el cuchillo—, y solo teníamos una vieja escopeta que había que disparar de muy cerca para acertar, pero no había manera de acercarse a él lo suficiente. Aunque nos escondiéramos, siempre nos olía de lejos. Los hombres prepararon trampas y lazos para capturarlo, pero el oso nunca caía. Y seguía matando al ganado que teníamos para pasar el invierno... Así que un día, mi tío Boban decidió sacrificar a una de sus propias ovejas y, cubriéndose con su piel y su sangre para atraer al oso, pidió prestada la escopeta y se fue al bosque a esperar a que apareciera.

Dicho esto, Marovic guardó silencio para crear suspense.

—¿Y lo consiguió? —preguntó Jack con curiosidad—. ¿Mató al oso?

Una brusca sonrisa apareció en el rostro del serbio.

—¡No llegó ni a disparar la escopeta! —exclamó riéndose, dando un golpe en la mesa—. Se quedó dormido y el oso se dio un banquete con el tío Boban. Solo dejó la cabeza y un pie.

—Joder —gruñó Jack, imaginándose la escena.

—¿Pero qué tiene que ver eso con nuestro problema? —preguntó Riley—. ¿Es algún tipo de metáfora?

—¿Metáfora? —preguntó a su vez Marovic—. No sé. Solo me pareció divertido.

—¿Divertido?

—Claro. Él ha contado una historia de cuando era pequeño —señaló a Jack—. Y yo otra. Ahora le toca a usted.

Jack se dio una sonora palmada de frustración en la frente.

—La madre que lo parió... Ya me parecía raro que fuera a decir algo útil.

Riley, en cambio, levantó la mano para hacer callar a su segundo.

—Espera, Jack —advirtió, pensativo—. Quizá nos ha dado la solución.

—¿Vas a matar una oveja y ponértela encima?

—No seas burro. Me refiero a tenderles una trampa. Si no podemos acercarnos al *Genoa*, quizá podamos hacer que ellos se acerquen a nosotros.

—¿Y cómo piensas hacer eso? ¿Ofreciendo pizza gratis?

Riley esbozó una mueca taimada.

—Algo parecido.

4

El horizonte ya comenzaba a clarear por la amura de babor del Pingarrón cuando Riley entró en la cabina con el sextante en la mano y los prismáticos colgando del cuello, arrebujado en una ajada cazadora de piel en la que aún se apreciaba una marca donde había estado cosido el emblema del batallón Lincoln.

Sin decir nada se situó junto a Julie, que seguía al timón. Abrió el cuaderno de bitácora y realizó unos cuantos cálculos sobre el papel, que resultaron en una serie de coordenadas que luego subrayó con un lápiz. Seguidamente alzó los prismáticos en dirección sur y, tras un minuto largo escudriñando la oscuridad, asintió satisfecho y echó mano del tubo acústico.

—César —llamó al mecánico—. Para máquinas y déjala al ralentí.

—A la orden. Máquinas al ralentí —repitió al cabo de unos segundos la voz del portugués.

—¿Ya hemos llegado? —preguntó Julie.

Riley dio un golpecito a los números que había escrito en el cuaderno.

—Treinta y seis grados cuarenta y dos minutos norte, cero grados diez minutos este —leyó—. Sí, ya hemos llegado.

La francesa miró a lado y lado de la cabina, viendo solo oscuridad más allá de las ventanas. Ni una sola luz aparecía en el horizonte, en cualquier dirección.

—Si el capitán del *Genoa* es un marino eficiente —apuntó Riley leyéndole el pensamiento a Julie—, su rumbo desde Palma de Mallorca a Orán debería pasar justo por aquí.

En ese momento, la puerta que daba al salón se abrió y entró Jack, restregándose los ojos con expresión somnolienta.

—Hemos parado máquinas, ¿no? —preguntó.

—Así es —confirmó Riley—. Ahora hemos de esperar a que aparezca el *Genoa*.

—¿Y si no aparece?

—Aparecerá —replicó Alex con seguridad—. Mantendremos esta posición hasta que veamos llegar al barco italiano, y entonces pararemos motores y nos pondremos al pairo. En dos o tres horas ya deberían estar aquí. —Miró a su piloto y a su segundo y preguntó—: ¿Tenéis claro lo que debéis hacer?

—Sí, pero sigue sin gustarme —contestó Jack.

—¡Pues yo creo que será *excitant*! —exclamó Julie dando unas palmaditas.

—A ti todo te parece *excitant* —rezongó el gallego.

Alex le puso la mano en el hombro para tranquilizarlo.

—Lo harás bien. Solo preocúpate de que todo esté listo para cuando aparezca el *Genoa*.

—¿No sería mejor que yo te acompañara y que Julie se quedara al mando?

Riley sacudió la cabeza con determinación.

—Necesito a Julie conmigo. Y además, me quedaré más tranquilo si tú te quedas al mando y vigilas a Marco. No sea que se le ocurra hacer alguna estupidez.

—No es solo eso —aclaró el gallego—. Es que todo esto está siendo tan precipitado… Aun con meses de planificación, sería una jugada muy arriesgada.

Alex se encogió de hombros.

—Es lo que hay —arguyó y, para zanjar el tema, añadió—: Ve a buscar a César y Marco, y poneos a trabajar de inmediato. Y tú —se dirigió a Julie—, ve a vestirte y procura descansar hasta que te avise.

—¿Y usted qué va a hacer, *capitaine*?

36

—Yo me quedaré aquí mismo, en el puente, manteniendo el barco en posición y haciendo de vigía. —Dio unos golpecitos en los prismáticos que le colgaban del cuello—. En cuanto aparezca el *Genoa*, irá todo muy rápido, así que estad preparados, ¿de acuerdo?

—Qué remedio —respondió Jack de mala gana.

—*Oui, capitaine!* —Julie respondió entusiasmada, cuadrándose para parodiar un saludo militar.

Ambos se dieron la vuelta de inmediato y salieron del puente, dejando a Riley pensativo, repentinamente consciente de que su vida iba a depender de aquella extravagante tripulación. Un puñado de expatriados, sin apenas experiencia en el mar, ni disciplina, ni demasiado respeto a su autoridad como capitán, pero en los que por alguna extraña razón, más allá de cualquier lógica, confiaba ciegamente —bueno, en Marovic no tanto—, hasta el punto de poner la vida en sus manos.

—Todo va a salir bien —se dijo, e inspiró profundamente para calmarse.

Se llevó de nuevo los prismáticos a la cara y oteó el horizonte por babor. Vislumbró una línea aún borrosa, apenas separando la oscuridad del mar del incipiente crepúsculo del día, que bien podía resultar el último de su vida.

A pesar de la seguridad que había mostrado ante su segundo, había tantas cosas que podían ir mal en aquel atropellado plan que no valía la pena ni enumerarlas.

Riley procuró apartar aquellos funestos pensamientos de su mente como si fueran un molesto enjambre de mosquitos. Exhaló el aire que había contenido en los pulmones y repitió con bastante menos convicción:

—Todo va a salir bien.

A las 8:43, un penacho de humo apareció en el horizonte noreste, destacando como un sucio trazo negro sobre el inmaculado cielo azul del Mediterráneo.

—Marcación treinta y seis —informó Jack, cotejando el compás del puente con lo que veía a través de los prismáticos.

—Son ellos —decidió Alex, de pie a su lado.

—Eso espero —dijo el gallego, bajando los binoculares y echándole un nuevo vistazo a su capitán—. ¿Estás preparado?

Riley se había puesto el único traje que tenía, uno de lana cruzado de color azul marino. Debajo llevaba una camisa blanca de algodón y corbata de seda granate. Lo había comprado todo en Tánger dos meses antes con la idea de impresionar a una mujer a la que no había vuelto a ver desde entonces, y cuyo solo recuerdo le provocaba un estremecimiento de excitación.

—¿Estás bien? —le preguntó su antiguo camarada de armas, mirándolo con preocupación.

—¿Eh? Sí, perdona. Estaba... —Hizo un gesto vago en el aire.

—¿Lo tienes todo?

Riley miró las dos maletas a sus pies que, junto al arcón que descansaba en cubierta, contenían todo aquello que esperaba necesitar.

—Solo falta la novia —dijo haciendo un gesto hacia Julie, que se estaba despidiendo de César en cubierta.

Jack esbozó una sonrisa cómplice al ver a la pareja haciéndose carantoñas como dos adolescentes. Luego devolvió la mirada al punto humeante que iba creciendo en el horizonte, dirigiéndose en línea recta hacia ellos.

—¿Estás seguro de esto, Alex?

Riley se encogió de hombros.

—No veo otro modo de hacerlo. Anda, toma la radio y llámalos. Sabes lo que tienes que decirles, ¿no?

El gallego ignoró la pregunta y, tras sintonizar el dial de la radio en el canal de emergencias, se acercó al micro al tiempo que presionaba el botón rojo junto a su base.

—Aquí Pingarrón. Aquí Pingarrón. Llamando a nave con rumbo dos uno seis. ¿Me recibe? Cambio.

Jack soltó el botón de transmitir y esperó unos segundos antes de repetir la fórmula:

—Aquí Pingarrón. Aquí Pingarrón. Llamando a nave con rumbo dos uno seis. ¿Me recibe? Tenemos una avería. Cambio.

Soltó el botón de nuevo y aguardó con la mirada puesta en el altavoz. Pero no se oyó ningún sonido.

—¿Puede ser que tengan la radio apagada?—dijo dirigiéndose a Riley.

Alex negó con la cabeza.

—Imposible. Un barco de ese tipo siempre ha de llevarla operativa y a la escucha. Y aún más en tiempos de guerra.

—¿Y si lo que pasa… es que no quieren contestarnos?

—Tú insiste lo que haga falta. Contestarán.

El gallego se acercó de nuevo al micrófono, pero justo antes de pulsar el botón de transmitir, un molesto ruido de estática precedió a una voz entrecortada.

—*Qui nave passeggeri Genoa…Come possiamo aiutare?…Cambio.*

—Tenemos una avería en el motor y estamos sin gobierno. Cambio.

—*Avete bisogno di un meccanico? Cambio.*

—No, gracias. Podemos repararlo. Pero tenemos dos pasajeros que necesitan llegar mañana mismo a Nador —explicó Jack, mirando de reojo a Riley—. ¿Ustedes podrían embarcarlos? Cambio.

—*Questa nave si sta dirigendo a Oran…Cambio.*

—No es problema —respondió el gallego tras esperar un momento, simulando que lo consultaba—. Dadas las opciones, los pasajeros prefieren ir a Orán que quedarse aquí… ¿Pueden detenerse a recogerlos? Cambio.

—*Un momento, per favore.*

El telegrafista del *Genoa* debió de ir a consultar a su capitán. Tres minutos más tarde, les llegó otra voz, más grave y autoritaria:

39

—*Sono il capitano Giuseppe Renzi, al comando della nave* Genoa. *Con chi parlo? Cambio.*

—Soy Joaquín Alcántara, seg... —se detuvo a tiempo, corrigiéndose— capitán del carguero Pingarrón. Tenemos una avería y a bordo hay dos pasajeros que desean subir a su nave para llegar a Orán. ¿Podrían llevarlos? Cambio.

—*Mi dispiace, ma questo non è un autobus, capitano Alcántara. Cambio.*

—Lo sé. Pero se trata de una emergencia —alegó, mirando a Riley en busca de apoyo—. Los pasajeros estarían dispuestos a pagar el pasaje completo por las setenta millas que hay hasta Orán... además de regalarle, a modo de compensación, parte de la valiosa mercancía que traen con ellos. Cambio.

—Ya está tirado el anzuelo —murmuró Alex—. A ver si pican.

—*Cosa merce?* —preguntó el capitán Renzi con mal disimulado interés.

Jack levantó las cejas a imitación de Groucho Marx y musitó:

—Ya son nuestros.

Sonrió y pulsó de nuevo el botón de transmitir.

—Es un pequeño cargamento de vino, champán francés y caviar ruso. Cambio.

El gallego se echó hacia atrás en el respaldo de la silla, crujiéndose los dedos con satisfacción.

—*Va bene* —confirmó el capitán italiano, al que Riley imaginó salivando ante la perspectiva del champán y el caviar—. *Penso che possiamo fare quel favore...Siate pronti ad abassare una barca quando arriviamo...Cambio.*

—Muchas gracias, capitán Renzi —contestó Jack, haciendo un esfuerzo por aguantarse la risa—. Estaremos listos en cuanto lleguen. Cambio y corto.

Media hora más tarde el *Genoa* y el Pingarrón se encontraban al pairo a unos cien metros el uno del otro, meciéndose en la mar rizada bajo un suave viento de levante de cuatro nudos.

En el mástil de la antena del Pingarrón, con los motores ya parados, ondeaba la bandera de señales blanca con un rombo rojo que indicaba que sufría una avería mecánica. Unos metros más abajo, en cubierta, siguiendo las indicaciones de Jack, César manejaba la grúa de la que pendía una caja de madera de un metro de lado, que lentamente descendía hacia una de las chalupas del Pingarrón. Se trataba de una barca auxiliar a motor, abarloada a un costado del carguero y en la que Marovic aguardaba para recibir la carga y estibarla con seguridad.

—Vale, ya está —dijo Jack, dirigiéndose al portugués—. ¿Lo tienes, Marco? —preguntó seguidamente, asomándose por la borda.

El yugoeslavo soltó las correas de la caja y levantó el pulgar en señal de aprobación.

—Muy bien. Sube la grúa, César.

Riley y Julie se aproximaron cargando una maleta cada uno. El capitán del Pingarrón llevaba el traje que se había puesto una hora antes, y la francesa, un liviano vestido de algodón que, si bien no dejaba mucha piel a la vista, se ceñía lo bastante como para revelar su exuberante anatomía.

—Pero bueno… —dijo el gallego con una mueca burlona, cruzándose de brazos—. Qué bonita pareja hacéis.

—¿A que sí? —aseveró Julie, agarrándose del brazo de Riley con un coqueto mohín—. Somos muy felices —añadió, arrimándose a su supuesto marido—. ¿No es verdad, *mon chéri*?

Alex le dirigió una mirada de disculpa a César, que no parecía muy contento en los controles de la grúa.

—¿Ya está todo cargado? —preguntó a su segundo.

—Solo faltáis vosotros.

—Muy bien —asintió y le estrechó la mano a modo de despedida—. Cuídame el barco hasta que vuelva.

41

—Y vosotros dos tened cuidado... y no dejes que cometa ninguna estupidez.

—No me separaré de ella ni un momento —aseguró Riley.

—Se lo decía a Julie —puntualizó Jack y, mirando a la francesa, añadió—: Procura que no la cague.

—Lo vigilaré —respondió ella con un guiño.

Riley puso los ojos en blanco y sacudió la cabeza.

—Bueno, ya vale de cháchara —zanjó agarrando de nuevo su maleta—. No hagamos esperar al capitán Renzi.

Alex se acercó a la borda, de donde colgaba la escala por la que tendrían que bajar hasta la chalupa. Pero antes de encaramarse por encima de la regala, echó un vistazo al buque al que se dirigían. El *Genoa* era un vapor de unos ciento cincuenta metros de eslora y líneas anticuadas, probablemente construido a finales del siglo anterior. Largos chorretones de óxido lagrimeaban por los costados del casco pintado de negro. Aun a aquella distancia, la superestructura de color blanco, sobre la que se alzaba una chimenea solitaria, se intuía como una anciana nave emperifollada bajo cincuenta años de capas de pintura.

—¿Preparada? —le preguntó a Julie, que observaba el barco italiano casi con avidez.

La francesa lo miró de reojo y sonrió con pillería.

—Vamos a ser malos.

5

Marovic condujo la chalupa hasta el costado de estribor del *Genoa*, cuya borda se elevaba a más de ocho metros por encima del agua.

Usando una serie de poleas, los marineros bajaron una escalera abatible hasta la línea de flotación. Dos de ellos descendieron de inmediato y, tras amarrar la barca con el cabo que les lanzó el yugoeslavo, ayudaron a Riley y Julie a subir al *Genoa*.

En cubierta, los recibió un joven oficial alto, moreno, de pelo engominado e impecablemente uniformado de blanco, que le dedicó una mirada de admiración a Julie sin preocuparse de que su supuesto marido estuviera justo al lado.

—Bienvenidos a bordo del *Genoa* —los saludó en perfecto español, dándoles la mano—. Me llamo Giorgio Iliano y soy el sobrecargo.

—Gracias por permitirnos embarcar —respondió Riley, correspondiendo al gesto—. Yo soy Alex Riley y ella es mi esposa, Julie.

—¿No son españoles? —preguntó el oficial con sorpresa—. Creímos que... —Señaló al Pingarrón, con su bandera rojigualda ondeando en la popa.

—Yo soy estadounidense y mi esposa francesa. Espero que no suponga ningún problema.

—Emm... no. En absoluto. Si quieren acompañarme, les llevaré a la cubierta de pasajeros, donde podrán descansar hasta que lleguemos a puerto esta tarde.

—¿Y no podría asignarnos un camarote? —Riley señaló a Julie y añadió—: Mi esposa está agotada y necesita tumbarse aunque sea unas horas. Ese barco español —hizo un gesto despectivo hacia el Pingarrón— es una auténtica pocilga y llevamos dos días sin apenas dormir.

El oficial estaba a punto de negarse cuando Alex sacó del bolsillo el rollo de billetes que le había dado Nicholas Palermo la noche anterior y añadió:

—Por supuesto, pagaremos por la comodidad extra.

Aun así, el oficial vaciló y no pareció decidirse hasta que Julie apoyó la mano en su brazo y, con una caída de párpados teatral, le rogó:

—*S'il vous plaît...*

El oficial echó una mirada a su reloj de pulsera.

—Por supuesto —admitió finalmente.

Entonces llamó a uno de los marinos que los habían ayudado a subir las maletas y le ordenó algo al oído.

—En veinte minutos tendrán un camarote a su disposición —les informó Giorgio—. Mientras tanto, pueden esperar en el restaurante hasta que les avisen. Y no se preocupen por el equipaje. Se lo llevarán directamente al camarote.

—Excelente. —Riley asintió satisfecho—. Por cierto —agregó como recordando algo—, esa caja que traemos es para la oficialidad del *Genoa*. Una muestra de agradecimiento por haberse detenido a recogernos.

—Muchas gracias, señor Riley —contestó el oficial, pasándose la lengua por los labios de forma inconsciente.

—Gracias a ustedes. Espero que la disfruten —repuso con una inclinación de cabeza.

Riley le ofreció el brazo a Julie y ambos se dirigieron a la sección de pasajeros siguiendo a un marinero que los había estado esperando con una sonrisa solícita.

La cubierta del *Genoa* estaba ocupada en parte por sacos de rafia y cajas de transporte de distintos tamaños. Lo que en otros tiempos debió de ser una agradable cubierta de paseo para que los viajeros disfrutaran de la brisa marina mientras la nave surcaba el Mediterráneo, a causa de la guerra y la necesidad de cubrir gastos, era ahora poco más que una bodega al aire libre por la que a duras penas se podía caminar.

—¿Y ahora? —preguntó Julie en voz baja, tras asegurarse de que nadie podía oírla.

—Hemos de encontrar al tipo que lleva la mercancía.

—¿Y cómo vamos a hacerlo? —Miró en derredor—. Este barco es *très grand*.

—Empezaremos por el comedor, como nos ha sugerido el sobrecargo. —Consultó su reloj de muñeca y añadió—: Con suerte, puede que lo encontremos desayunando.

—¿Y si no?

—Si no, pues habrá que improvisar. Tendremos que registrar el barco discretamente y sin llamar la atención.

Mientras hablaban, llegaron hasta la entrada del salón restaurante, y Riley abrió la puerta con cortesía para ceder el paso a Julie, que ahogó una sonrisita ante el inusitado gesto del capitán.

En cuanto entraron en el comedor, medio centenar de cabezas se volvieron con patente interés, intrigados por aquella pareja que había hecho detenerse al *Genoa* en alta mar.

—¿Qué es eso que decía, *capitaine*... —musitó Julie, inclinándose hacia Riley— sobre no llamar la atención?

Riley chasqueó la lengua, contrariado.

—Vamos a sentarnos. —Señaló una mesa vacía al otro lado del comedor—. Quitémonos de en medio.

Cruzaron el salón mirando a su alrededor con disimulo, intentando identificar al hombre que buscaban entre los comensales.

Después de tomar asiento, Julie preguntó en voz baja:

—¿Lo has visto? —Hizo un leve gesto con la cabeza, apuntando a un hombre sentado de espaldas dos mesas más allá—. ¿Podría ser ese?

Alex le echó un vistazo fugaz antes de responder:

—Podría.

Por lo que había visto al cruzar el salón, se trataba de un hombre de mediana edad, de aspecto acicalado y bien vestido, con un fino bigote negro y aire distraído. Era de los pocos en el salón que no se había girado para mirarlos.

—¿Quieres que…? —empezó a preguntar Julie.

—Un momento.

Riley levantó la mano para llamar la atención del camarero más cercano, que se acercó solícito, y tras una mecánica inclinación de cabeza, les preguntó qué deseaban desayunar.

Alex pidió un desayuno continental para los dos, y con aire casual añadió:

—Por cierto, ¿sabría decirme si ese caballero de allí —señaló con la mirada al hombre solitario— es quizá el doctor Bernard Rieux, de Francia?

El camarero se volvió a medias y le contestó con un encogimiento de hombros.

—*Mi scusi. Non lo so.*

—Ya veo. —El capitán asintió y echó mano de la cartera, de la que sacó un billete de veinte francos que dejó sobre la mesa—. ¿Y podría averiguarlo para nosotros… con discreción? Le estaría muy agradecido.

El camarero contuvo una sonrisa por aquel dinero fácil, alargó la mano y se hizo con el billete, que rápidamente desapareció en el bolsillo de su pantalón.

—*Un minuto, per favore.* —Dio media vuelta y se dirigió a la barra, donde le preguntó algo al barman que estaba allí, ordenando unas botellas. Segundos más tarde, desde lejos, les dedicó un asentimiento de cabeza.

—Es él —confirmó Julie.

—¿Sabes qué hacer?

—*Bien sûr* —le aseguró ella con un guiño.

—De acuerdo —dijo Alex, dándole un apretón en el antebrazo—. A por él.

Julie sonrió, se puso en pie, se atusó el vestido y sonriendo pícara, como si todo aquello no fuera más que un juego, tomó su pequeño bolso de mano y se encaminó con coquetería hacia el pasajero solitario.

Riley la siguió con la mirada, observando cómo se acercaba al hombre y se presentaba. Él se puso en pie como un resorte y, tras un breve intercambio de palabras, invitó a Julie a sentarse a su mesa con un amplio gesto.

Desde la distancia, Alex vio cómo Julie desplegaba todo su encanto ante el hombre, sonriendo cándidamente y jugando con su pelo como una adolescente atolondrada. Por su lenguaje corporal, Riley dedujo que le estaba explicando lo azaroso del viaje en el lamentable Pingarrón y lo contenta que estaba de hablar por fin con un francés, después de meses en España y con un marido que solo hablaba inglés.

Quince minutos después, Julie ya tenía toda la atención de su compatriota, que se reclinaba sobre la mesa. Riley podía percibir su interés a pesar de tenerlo de espaldas. Entonces la piloto le pasó la mano por el brazo afectuosamente, y Riley se levantó y se dirigió a la salida sin llamar la atención, pues esa era la señal que habían acordado.

Ya en la puerta se giró una última vez y vio cómo Julie se señalaba el costado con gesto adolorido, hablándole de las inexplicables molestias que había sufrido durante los últimos meses y lo mucho que agradecería que un doctor francés como él la auscultara en su camarote antes de llegar a puerto.

Cuando Riley salió a cubierta sonrió para sí, pensando que ese tal Rieux estaría encantado de examinar a Julie aunque su doctorado fuera en geología.

Como era previsible, no pasó mucho rato hasta que Julie y el doctor Rieux salieron juntos del comedor, charlando animadamente, en dirección a la sección de camarotes.

Por la escalera de babor subieron a la cubierta de primera clase, mientras Julie le relataba desconsoladamente lo sola que se había sentido desde que hacía unos meses se casara con un hombre que usaba el matrimonio para guardar las apariencias.

La preocupación inicial de Rieux por el marido que la acompañaba se disipó cuando ella le confesó que su marido tenía otros gustos y que habían llegado al acuerdo tácito de mirar hacia otro lado cuando fuera necesario.

Rieux se apiadó de ella y aceptó examinarle esa extraña dolencia en el costado, así que menos de media hora después de haber embarcado en el *Genoa*, Julie entraba en el amplio camarote de primera clase del brazo del comprensivo doctor.

Aunque carecía del más elemental instrumental de diagnóstico, Rieux invitó a Julie a sentarse en la cama, donde podría revisarle con comodidad cualquier inflamación intercostal.

La joven obedeció sin dudarlo, pero cuando Rieux extendía la mano para palparla, unos inoportunos nudillos repiquetearon en la puerta.

—*Servicio in camera, signore* —anunció una voz.

—*Pas maintenant. Revenez plus tard* —dijo Rieux, pidiendo que volviera más tarde y devolviendo de inmediato su atención a la paciente.

Pero los nudillos volvieron a redoblar.

—*Servicio in camera, signore.*

—*Je dispas maintenant*—insistió Rieux y, apelando a su torpe italiano, añadió—: *Ritorna dopo.*

Tras unos segundos de silencio, Rieux sonrió satisfecho bajo su bigotito y volvió a centrarse en Julie.

Los nudillos tamborilearon impertinentes en la puerta del camarote una vez más.

—*Servicio in camera, signore.*

Esta vez sí, Rieux se puso en pie frunciendo los labios y apretando los puños, más que dispuesto a cantarle las cuarenta a aquel marinero pelmazo. Abrió la puerta de golpe y alzó el dedo con gesto irritado, antes de darse cuenta siquiera de que aquel hombre corpulento, de desordenado pelo negro, ojos del color de la miel y una cicatriz en la mejilla izquierda, no era un miembro de la tripulación del *Genoa*. De hecho, se parecía bastante al hombre con el que le había parecido ver que Julie entraba en el comedor.

—Buenos días, doctor Rieux —lo saludó el desconocido con una cortés inclinación de cabeza—. ¿Me permite pasar?

El doctor parpadeó un par de veces, desconcertado ante aquella aparición.

—*Je*... —balbuceó— *je ne sais pas*...

—¿Cómo estás, amorcito? —preguntó Riley asomándose al camarote, ignorando al francés—. ¿Todo bien?

—Muy bien, *mon petit amour* —repuso Julie en el mismo tono cursi—. Aquí, pasando el rato con el doctor.

—¿Qué... qué es lo que quiere? —inquirió Rieux, cambiando de idioma y tratando de recobrar la compostura perdida.

Riley sonrió confiado.

—Tranquilo, doc. Solo quiero pasar y hablar con usted un momento.

—Su esposa me dijo que... —alegó Rieux, sin moverse de la puerta— que a usted no le importaba.

La sonrisa del capitán se ensanchó.

—Y no me importa. Pero como se entere su marido de verdad, va usted a tener problemas.

—¿Qué?

—Vamos, ya basta de juegos —dijo Riley, apoyando la mano en la puerta—. Hágase a un lado, doctor.

—¡No! —exclamó Rieux, colocando el pie a modo de tope—. Llamaré a seguridad.

—Oh, no *mon chéri* —dijo Julie a su espalda—. Yo no haría eso.

Rieux se volvió a medias hacia ella, y su ya enorme confusión se acrecentó al descubrirla aún sentada en la cama y sonriendo, pero junto a su bolso abierto y sosteniendo una pequeña pistola de cachas nacaradas con la que lo apuntaba directamente al corazón.

6

Aun recuperándose de la sorpresa, Rieux seguía en la silla donde lo habían obligado a sentarse sin demasiados miramientos.

Riley y Julie estaban de pie frente a él; la joven apoyada en la puerta del camarote con aire distraído, como si nada de eso tuviera que ver con ella, y el capitán del Pingarrón con los brazos cruzados y repitiendo por segunda vez la misma pregunta:

—¿Dónde lo tiene?

Rieux negó lentamente con la cabeza.

—No sé de qué me habla.

—Por favor, doctor... no me haga perder el tiempo. Lo que se llevó de ese laboratorio de la Universidad de Oxford, en el que trabajaba con los doctores Florey y Heatley, bajo la supervisión del gobierno británico.

El gesto de incomprensión del francés fue de actor consumado.

—¿De qué está usted hablando? Yo no me he llevado nada. —Miró un instante a Julie, como buscando en ella un apoyo que no iba a obtener—. ¿Y cómo sabe que estuve trabajando allí? Se supone que... que es alto secreto.

—Tengo mis fuentes —respondió Riley—. Las mismas que me informaron de su robo.

—¿Qué robo? ¿Pero de qué me habla usted? Yo solo soy un simple médico, camino de ver a mi esposa en Orán. No sé nada de robos. Sea quien sea que le ha dicho eso, le ha informado mal.

—Pues no ha actuado como un hombre casado —Alex señaló a Julie, apoyada en la puerta con expresión divertida—, cuando se la ha traído a su camarote para examinarla.

Rieux bajó la cabeza, contrito.

—Lo sé, lo sé... —admitió—. Hace un año que no... usted ya me entiende —esbozó una sonrisa apenada—. Y apareció ella... y yo... no sé lo que me pasó. No se lo dirán a mi esposa, ¿verdad?

El hombre parecía sinceramente preocupado por esa posibilidad.

—Descuide, su secreto está a salvo con nosotros —lo tranquilizó Alex—. Siempre que colabore y nos entregue lo que se llevó.

—Les juro que no sé de qué me hablan —repitió Rieux, de una forma tan convincente que a Riley casi le hizo dudar.

¿Y si March se había equivocado?

El capitán del Pingarrón meneó la cabeza, desechando esa incómoda posibilidad.

—Se lo preguntaré amablemente por última vez, doctor. ¿Dónde lo tiene?

—Ya se lo he dicho, no sé de qué me...

Antes de que terminara la frase, Riley se abalanzó sobre él y le propinó un puñetazo en pleno rostro que le hizo caer de espaldas con silla y todo.

Sin darle tiempo a reponerse de la inesperada agresión, el exbrigadista se sacó un pañuelo del bolsillo de la chaqueta y amordazó a Rieux, todavía en el suelo. Luego le hizo un gesto a Julie para que colocara la silla en su sitio y entre los dos volvieron a sentar al aturdido Rieux sobre ella.

—Busca algo para atarlo —ordenó Rile mientras le daba un par de cachetes a Rieux para despejarlo—. Vamos, doc, despierte.

Julie abrió el armario y regresó con el cordón de un batín, con el cual anudó con fuerza las manos de Rieux tras el respaldo de la silla.

La joven apretó tanto el nudo marinero que Rieux abrió los ojos de golpe con un gemido.

—*Pardon* —se excusó, pero no aflojó el lazo.

Cuando se aseguró de que estaba de nuevo consciente, Riley se acuclilló frente a Rieux.

—Créame que lo siento, Bernard —se disculpó con sinceridad—. Pero necesito que comprenda que no estoy de broma. ¿Entiende que esto va en serio y que haré lo que haga falta para que me dé lo que he venido a buscar?

Rieux asintió vigorosamente, haciendo que la sangre que le goteaba de la nariz le cayese sobre la camisa.

—Muy bien —se felicitó Riley—. Y ahora, dígame dónde lo tiene.

Rieux intentó decir algo, pero la mordaza que le atenazaba la boca como el bocado de un caballo impidió que se le entendiese una sola palabra.

Alex hizo una señal a Julie para que le desatara el pañuelo y, mientras la francesa obedecía, extrajo un puñal de la caña de su bota derecha y lo paseó frente al rostro de Rieux.

—Si grita o hace alguna estupidez —le advirtió—, le rebanaré el pescuezo y seguiremos buscando sin su ayuda. ¿Me comprende?

Los ojos del doctor se abrieron como platos y asintió de nuevo.

La mordaza cayó a un lado y Riley preguntó de nuevo:

—¿Y bien? ¿Dónde está?

—Le juro por Dios que no sé de qué me está hablando —arguyó, al borde de las lágrimas—. Llévense lo que quieran, todo mi dinero, pero les juro que no tengo nada más.

Alex intercambió una fugaz mirada con Julie, cuyos ojos delataban una duda creciente. ¿Y si tenía razón? ¿Y si todo esto no era más que un malentendido?

El capitán del Pingarrón vio que ella estaba a punto de decir algo, pero la detuvo con un gesto. No podían permitirse vacilar, no delante de Rieux.

—Julie —le dijo con voz sombría—, llena el lavamanos de agua.

La joven tardó unos segundos en entender lo que aquello significaba.

—Pero... —comenzó a objetar.

—Ahora, Julie —insistió con dureza.

La piloto vaciló un brevísimo instante antes de obedecer.

—*Oui, capitaine* —respondió dirigiéndose al baño.

Rieux miró a uno y otra sin comprender.

—¿Qué es lo que...?

Sin darle tiempo a terminar la frase, Riley le volvió a colocar la mordaza en la boca. Entonces se puso detrás de él y desató el nudo de la silla, volvió a atarle las manos a la espalda, más fuerte que antes, y lo empujó para que se pusiera en pie.

—Gggggg... —graznó Rieux, mirando con preocupación cómo el lavamanos del baño se iba llenando de agua.

—Lo siento, amigo —contestó Riley, que lo conducía con una mano sobre la nuca y la otra en las ataduras—. Ya pasó el momento de las adivinanzas.

—¡Ggggg!

—Ya, ya... Eso dicen todos. —Miró a la francesa—. ¿Está eso listo, Julie?

Ella no las tenía todas consigo, pero se las arregló para que no se traslucieran las dudas en su voz.

—*Oui* —contestó cerrando el grifo.

Riley, manteniéndose a su espalda, acercó los labios a pocos centímetros de la oreja de Rieux.

—Dicen que un adulto puede aguantar hasta cinco minutos debajo del agua sin respirar —le susurró con voz gélida al oído—. ¿Usted, como médico, qué opina?

—¡Ggggg! —exclamó Rieux con ojos desorbitados, empezando a comprender las intenciones de Riley.

—Ya, claro —convino Alex—. Yo también pienso que es imposible. Aunque… ¿sabe?, siento cierta curiosidad, así que si no le importa… —Señaló el lavamanos de mármol lleno de agua hasta el borde.

Ignorando las desesperadas protestas del doctor y sin miramiento alguno, le empujó la cabeza hacia delante hasta introducirla dentro del agua.

Rieux se revolvió, pataleó y trató de zafarse de Riley, pero este era más grande y fuerte, y lo tenía bien sujeto.

—¿Cómo va la vida de casada? —preguntó Alex mientras con la mano derecha se esforzaba por mantener sumergida la cabeza de Rieux.

Julie, con la vista clavada en el desdichado doctor, tardó un momento en darse cuenta de que hablaba con ella.

—*Quoi?*—contestó desconcertada, levantando a duras penas la mirada de su compatriota.

—Te preguntaba por la vida de casada —repitió Alex tranquilamente, como si estuvieran tomándose un café en una placita—. Ya llevas casi dos meses con César. ¿Qué tal va todo?

Julie repartía su atención entre el capitán y Rieux, mirando alternativamente a uno y otro.

—Bien… *très bien, merci.*

—Me alegro. —Alex sonrió—. ¿Sabes? Al principio no me hizo mucha gracia que os liarais, no creí que nada bueno saliera de ahí. Pero quizá sea una de las raras ocasiones en que esté equivocado.

—*Capitaine…*

—Bueno, no tan raras, es verdad. Pero me alegro de haberme equivocado.

—*Capitaine…*

—¿Qué?

Julie dirigió una mirada significativa a Rieux, que cada vez se debatía con menos fuerza, como si estuviera rindiéndose.

—*S'il vous plaît*... Ya está.

Alex negó con la cabeza.

—Un poco más.

—Pero...

—No le pasará nada, te lo garantizo. —Le guiñó un ojo—. Pero tenemos que asustarlo lo bastante como para que nos diga la verdad. Mejor esto que golpearlo, ¿no?

Julie lo pensó un momento y asintió en silencio.

Riley aguantó al doctor durante treinta segundos más dentro del agua, y cuando notó que ya apenas se debatía, tiró de él con fuerza y lo lanzó al suelo. Rieux cayó como un saco de patatas. Alex le retiró la mordaza, y Rieux vomitó agua y bilis sobre las baldosas de cerámica entre estertores y aspiraciones profundas. Parecía un guiñapo empapado de agua, un pez trajeado aprendiendo a respirar.

El capitán le concedió unos instantes para recobrar el aliento, pero antes de que pudiera recuperarse del susto, le puso la bota en el pecho y le preguntó con dureza:

—¿Me va a dar lo que quiero o prefiere seguir jugando?

Rieux tosió antes de hablar y necesitó un par de nuevas inspiraciones para contestar a la pregunta.

—No... —farfulló con un hilo de voz—. No más...

—Así me gusta. ¿Dónde lo tiene escondido?

—En la nevera... —musitó Rieux.

Alex miró a su alrededor.

—¿Qué nevera?

—En la nevera... del barco. En cocina... —aclaró, respirando con dificultad—. Dentro... de una caja... de puros.

—¿*Pourquoi* en la nevera? —inquirió Julie.

Rieux volvió a toser agua.

—¿Ustedes... no saben lo que es? —preguntó a su vez con una mirada de extrañeza.

—Ni lo sabemos ni queremos saberlo —replicó Riley.

—Pero, se trata de…

—No lo diga —lo atajó Alex, aumentando la presión de su bota—. ¿Por qué lo guardó en la nevera?

Rieux vaciló un instante antes de contestar:

—Necesita… mantenerse frío.

Riley se rascó la mejilla, pensativo.

—Cambio de planes —le dijo a Julie—. Iremos a por la mercancía en el último momento antes de llegar a puerto, para que se mantenga fría todo el tiempo que sea posible.

—*D'accord*. Y mientras tanto, ¿qué hacemos?

—Tú ve al camarote que nos hayan asignado, para no levantar sospechas por si pasan a buscarnos. Yo me quedaré aquí, haciendo compañía al buen doctor.

—*Très bien, capitaine.* —Se miró en el espejo, se arregló el pelo, se aseguró de que el maquillaje siguiera en su sitio y preguntó—: ¿Alguna cosa más?

—Cuando estemos llegando, pasa por la cocina y trae el paquete de la nevera. Tú levantarás menos sospechas que yo —Consultó su reloj y añadió—: Te espero antes de las cuatro.

—*Pas de problème* —contestó Julie dedicando un último vistazo a su compatriota, desmadejado en el suelo—. Aquí estaré.

Rieux sacó fuerzas de flaqueza para alzar la mirada y rogar:

—Por favor… Necesito la cura…

Julie miró compasiva al hombre y luego a su capitán.

—Es nuestro trabajo—dijo Alex antes de que ella abriera la boca.

—No saben lo que hacen… —dijo Rieux al ver el gesto de duda en la piloto del Pingarrón—. No pueden llevárselo… la plaga.

—Ya basta —dijo Riley y se agachó frente a él para ponerle de nuevo la mordaza en la boca—. Mejor así —concluyó satisfecho, dándole un cachete en la mejilla.

Julie se dirigió a la puerta del camarote. Cuando ya estaba con la mano en el picaporte, Riley la llamó:

—*Juju*, una última cosa.

—*Oui?*

—Me preguntaba… —miró a Rieux con malicia— si antes te importaría traerme algo de la cantina.

7

Puntual, Julie repiqueteó con los nudillos en la puerta del camarote de Rieux a las cuatro menos cinco de la tarde.

—*Capitaine* —bisbiseó—. *C'est moi.*

La puerta se abrió de inmediato, y de ella asomó la cabeza de Riley para comprobar que no hubiera nadie más en el pasillo.

—Pasa —le dijo tras cerciorarse, haciéndose a un lado.

Cuando la francesa entró en el camarote, descubrió consternada que el doctor estaba ahora en la cama, desatado y sin mordaza, roncando como un bendito. En la mesita de noche descansaba una botella vacía de ginebra barata.

—¿Se la ha bebido toda? —preguntó, señalándola.

—Como un campeón. —Riley sonrió avieso—. Le di a elegir entre la borrachera y dejarlo inconsciente de un golpe en la nuca. —Hizo un gesto explícito hacia la botella y añadió—: Se bebió hasta la última gota.

—Ya lo veo.

—Pero vamos a lo nuestro —dijo señalando el bulto que la francesa llevaba bajo el brazo—. ¿Lo tienes?

Julie le mostró el pequeño hato envuelto en hule verde.

—Los *garçons* de la cocina han sido tan amables que me lo han empaquetado para que conserve el frío todo lo que sea posible.

—¿Y no te han hecho preguntas?

—Solo sonreí y les dije que tenía que llevármelo —explicó ufana y divertida—. Casi se pelean entre ellos por ayudarme.

Alex dejó escapar un bufido, tomando el bulto de manos de Julie.

—Italianos… —rezongó— Siempre tan previsibles.

El capitán del Pingarrón sopesó el paquete, sorprendiéndose de lo ligero que era. Costaba imaginar que algo tan pequeño pudiera valer veinte mil francos suizos.

Julie debía de estar pensando lo mismo, pues preguntó intrigada:

—¿Qué puede haber ahí que valga tanto dinero?

—Ni idea. —Se encogió de hombros—. Pero no es asunto nuestro.

—¿Y no siente… *curiosité* por ver de qué se trata?

Alex la miró con semblante serio.

—Se lo dije a Rieux y te lo digo a ti, Julie. No queremos saberlo, ¿me explico?

—*Oui, capitaine*.

—Muy bien —repuso y, señalando a su espalda con el pulgar, añadió—: Ahora ayúdame a atar de nuevo a Rieux, no sea que se despierte antes de tiempo. Y luego nos vamos a nuestro camarote, guardamos esto —levantó el paquete con la otra mano— en la maleta, y en cuanto atraquemos en puerto desembarcamos a toda prisa.

—¿Y a él —quiso saber Julie, dirigiendo una mirada compasiva al doctor— lo dejaremos así?

—Estará bien —le aseguró Riley con despreocupación—. Cuando revisen los camarotes para hacer limpieza, lo encontrarán ahí mismo, sufriendo una resaca de campeonato. Pero para entonces tú y yo ya estaremos en el Hotel Royal, cenando una buena langosta.

Julie iba asintiendo mientras su capitán hablaba, pero en su cabeza aún había una última duda.

—*Mais*… ¿qué pasará cuando Rieux despierte? ¿No tendremos problemas con la policía cuando nos denuncie por robo?

—No nos denunciará —sentenció Alex—. Esto de aquí es algo que él robó previamente y que se ha preocupado de mantener oculto. No sé lo que hará cuando se despierte, pero lo único seguro es que no avisará a la policía, descuida.

—El que roba a un ladrón... —empezó a citar Julie.

—Exacto —la interrumpió él recogiendo del suelo el cinturón del batín que había usado para atarlo la primera vez—. Y ahora, solo por si acaso, hagamos un bonito paquete con el bueno del doctor.

Apenas una hora después, el Genoa hacía su entrada en la bahía de Orán.

La bahía era una amplia ensenada con forma de media luna, en la que un batiburrillo de casitas blancas y desabridos edificios grises se desparramaba desordenadamente tierra adentro, como si a alguien se le hubiera caído una ciudad de entre las manos y luego no se hubiese molestado en recogerla. Una ciudad sobre la que descollaba el imponente macizo reseco del pico Aïdour, desde el que la Fortaleza de Santa Cruz, construida en su cima cuatro siglos antes por los españoles, dominaba la bahía desde sus imponentes cuatrocientos metros de altura.

Al oeste del pico se extendía el puerto militar de Mazalquivir, donde permanecían refugiados los buques de la armada francesa inutilizados durante la batalla de Mers el-Kebir, ocurrida aún no hacía dos semanas. Mientras, al este del Aïdour y casi tan grande como la ciudad a sus espaldas, protegido de los temporales de levante por un kilométrico dique, el puerto comercial de Orán era el corazón de la ciudad y la puerta de entrada a la Argelia subyugada por el gobierno títere de la Francia Vichy.

Antes incluso de que el *Genoa* embocara la amplia bocana del puerto, los pasajeros de la nave comenzaron a agolparse en cubierta, estorbando a los marineros que preparaban el atraque. Eran trescientos pasajeros de toda clase y condición, que huían de la guerra en Europa y buscaban en África un nuevo futuro lejos de las bombas y la muerte que asolaba el viejo continente. Trescientos hombres, mujeres y niños ansiando desembarcar con sus ajadas maletas en la mano, esperanzados con una nueva vida bajo el sol africano.

Entre aquella inquieta multitud se encontraban Riley y Julie, como una pareja más entre las muchas que ocupaban la cubierta del *Genoa*, intentando pasar desapercibidos, mientras bandadas de gaviotas volaban haciendo círculos sobre el barco, graznando escandalosamente

.

—Acabo de darme cuenta de que —dijo Julie contemplando la descomunal bandera tricolor que ondeaba en el fuerte—, desde que embarqué en el Pingarrón, no había vuelto a pisar *territoire français*.

Alex la miró de soslayo.

—¿Echas de menos tu patria?

La piloto pensó un momento antes de responder:

—*Non*. Echo un poco de menos mi casa y mis amigos, e incluso mi ciudad… Pero esa vida ya quedó atrás y no, no la echo de menos en absoluto.

Riley asintió sin decir nada. Julie nunca le había explicado qué la había empujado a enrolarse en un barco de contrabandistas, pero sospechaba que había algo oscuro y doloroso de lo que no quería hablar. Como todos los demás, se dijo a sí mismo, reprimiendo una mueca amarga.

Con una parsimonia enervante, el *Genoa* atravesó la bocana del puerto para dirigirse al Muelle del Centro, situado en el extremo occidental del puerto, donde se encontraba la terminal de pasajeros y el edificio de aduanas.

De repente un pequeño alboroto en cubierta hizo que Riley volviera la vista atrás. En un primer momento, supuso que se trataba de algún encontronazo entre pasajeros debido a los nervios de la llegada, pero entonces oyó una voz en francés alzarse por encima de las demás:

—*Aidez-moi, s'il vous plaît!* —exclamaba pidiendo ayuda— *.Aidez-moi!*

—Mierda —rezongó Alex, reconociendo la voz de Rieux.

62

—¡Oh, no! —exclamó Julie, que también lo había reconocido—. ¿Qué hacemos?

—Disimular —replicó él, dando la espalda a las voces y agachando ligeramente la cabeza para no destacar entre la multitud.

—¿Cómo habrá escapado? —inquirió Julie, girándose discretamente.

—Quizá los de la limpieza se adelantaron, o alguien notó su ausencia y fue a visitarlo al camarote. —Resopló por la nariz—. Eso ya no importa.

El griterío aumentó y a la voz del doctor se sumaron varias más en italiano, impartiendo órdenes.

—*Attenzione! Attenzione!* —gritó un oficial con los brazos en alto.

—Es Giorgio, el sobrecargo —advirtió la francesa con preocupación—. Nos conoce.

—Lo sé, lo sé... —masculló Alex, mirando en derredor en busca de una escapatoria. Pero no la había.

Aún faltaba media hora larga para que pudieran desembarcar, pero de cualquier modo sería imposible bajar a tierra sin que Rieux o el sobrecargo los reconocieran. También podrían tratar de ocultarse en algún rincón del barco y esperar a la noche para salir, pero sería muy difícil conseguirlo sin que nadie de la tripulación los viera, y el *Genoa* podía convertirse fácilmente en una ratonera.

La masa de pasajeros había dejado de mirar por babor hacia la cercana ciudad y ahora todos observaban la banda contraria, intrigados por el creciente escándalo organizado por los oficiales.

—*Signori passageri* —dijo el sobrecargo alzando la voz, subido a un cabrestante para que todo el mundo lo viera—, *abbiamo un ladro abordo. Si prega di aviccinarse ordinatamente in modo che lo posiamo identificare.*

En respuesta a la petición del oficial y a pesar del inicial desconcierto, los pasajeros comenzaron a acercarse a él en fila, con los pasaportes en la mano.

De pronto, el gentío que los había rodeado y en el que se habían sentido tan seguros se disipó en dirección a Rieux, Genaro y los otros marineros que los acompañaban y verificaban uno por uno la documentación de los pasajeros.

—*Capitaine*... —musitó Julie con creciente preocupación.

Riley le devolvió una mirada que era casi una disculpa.

—No vamos a poder desembarcar. Y tampoco podemos ocultarnos.

—Yo no quiero que me atrapen —arguyó Julie, constatando con alarma que cada vez había menos gente a su alrededor—. No quiero ir a la cárcel.

Alex le pasó el brazo por los hombros para infundirle confianza.

—Tranquila. No nos atraparán.

—*Non?* —inquirió esperanzada—. Pero ¿cómo vamos a escapar?

Riley abrió la boca para contestar, pero antes la voz de Rieux clamó a sus espaldas:

—*Ils sont là! Les voleurs! I ladri!*

Riley y Julie se volvieron al mismo tiempo. Tal como se temían, allí estaba el doctor, encaramado a una escalera, señalándolos, con los ojos desorbitados y la camisa manchada de su propia sangre.

De inmediato, las miradas del sobrecargo y una decena de marineros de cubierta se posaron en ellos.

—¡Ustedes! —exclamó Giorgio, como si una íntima sospecha se le hubiera confirmado.

Los pocos pasajeros que aún quedaban a su alrededor se apartaron rápidamente, formando un amplio semicírculo, entre alarmados e intrigados.

El sobrecargo bajó del cabrestante de un salto y, secundado por varios marineros, se dirigió en línea recta hacia ellos apartando a la gente a brazadas mientras se disculpaba:

—*Permeso. Mi scusi.*

Instintivamente, Riley y Julie dieron unos pasos hacia atrás, hasta que toparon con la borda.

—Si de verdad tiene un plan, *capitaine* —masculló la francesa—, este sería un buen momento para compartirlo.

—Yo no lo llamaría exactamente «un plan» —puntualizó y, sin quitar la vista de los hombres que se acercaban, preguntó—: ¿Confías en mí?

—¿Qué?

—¿Confías? —repitió.

Julie miró al sobrecargo, que ya estaba a punto de rebasar la última barrera de curiosos.

—¿Tengo elección? —preguntó resignada.

Alex le guiñó un ojo.

—Haz lo que yo. Será divertido.

A Julie no le dio tiempo de preguntar a qué se refería. El capitán del Pingarrón tomó su maleta por el asa y la lanzó al agua por encima de la borda.

Sin saber aún lo que estaba haciendo, Julie lo imitó.

—Ahora dame la mano —le pidió él.

Entonces comprendió lo que pretendía.

—*Oh, mon Dieu... Non.*

—No hay otra salida —le dijo Riley—. Arriba.

La piloto dudó un instante.

—*Merde* —concluyó, subiéndose a la regala y poniéndose en pie sobre el borde.

—¡No! ¡Deténganse! —clamó el oficial—. ¡No lo hagan!

Ignorándolo, Riley se situó junto a Julie, sin soltar su mano en ningún momento.

—¿Lista? —le preguntó.

—¡Está muy alto! —contestó ella, advirtiendo la considerable distancia que los separaba del agua.

—¡A la de tres! —la animó Riley.

—¡Tengo vértigo! —protestó ella, desesperada.

—¡Una!

Antes de decir «dos», cuando los hombres del *Genoa* estaban a punto de alcanzarlos, Riley tiró de Julie y ambos se precipitaron a las oscuras aguas del puerto de Orán.

8

El intransigente sol africano se había ocultado finalmente tras la pedregosa mole del pico Aïdour, aliviando así el calor de los pescadores que ocupaban el muelle Millerand. Decenas de hombres enjutos y piel cuarteada por el sol que, junto a sus esposas e hijos, reparaban las redes que esa misma noche utilizarían para salir a pescar a la bahía en sus pequeñas chalanas.

Mohammed Khedda, originario del pequeño pueblo de Djidjeli y orgulloso dueño de la barca con el mismo nombre, alzó la vista del cabo que estaba adujando, levantando con la mano libre el ala de su roído sombrero de paja. Un brusco movimiento en el agua había llamado su atención, justo frente a la rampa de cemento que usaban para sacar las barcas.

En un primer momento pensó que era una tortuga que intentaba alcanzar la orilla, o delfines curioseando en la pesca de los hombres. Pero al aguzar la vista se dio cuenta de que lo que había en el agua no era ningún animal, sino dos personas que llegaban al inicio de la rampa y se ponían en pie sobre ella. Eran un hombre y una mujer, vestidos con ropa elegante y con sendas maletas en la mano que habían usado a modo de flotador, chorreando agua como si les hubiera sorprendido un chaparrón en aquel día soleado.

Los desconocidos salieron del agua tranquilamente, como si estuvieran dando un tranquilo paseo, y solo se detuvieron un instante para sacarse el agua de los zapatos, atusarse el pelo, y sacudirse la ropa. Seguidamente y como si tal cosa, ascendieron por la rampa hasta el muelle cargando con sus maletas de piel, obviando las incrédulas miradas de las decenas de pescadores y sus familias que, dejando de lado lo que estaban haciendo, se habían aproximado para ver de cerca a aquellos dos estrambóticos náufragos.

Alex Riley comprobó aliviado que el *Genoa* había desaparecido de la vista y nadie había salido tras ellos. La otrora elegante americana de lana, tan embebida del agua aceitosa del puerto como el resto de la ropa, le pesaba como si estuviera forrada en plomo. Y qué decir de Julie, cuyo liviano vestido de algodón se había convertido en poco más que una segunda piel, revelando su anatomía como si solo la cubriera una capa de pintura floreada.

Un amasijo de hombres, mujeres y niños se arremolinaron a su alrededor, murmurando asombrados y preguntándose entre ellos de dónde habían salido aquellos dos.

—¿Estás bien? —le preguntó Riley a su piloto.

Julie resopló, aún recuperándose del esfuerzo, pero su preocupación estaba más en holgar su vestido de algún modo, para que aquellos marineros dejaran de devorarla con los ojos.

—Estoy bien, *merci*. Pero necesito cambiarme.

—Sí, yo también. No sería buena idea presentarse así en el hotel. Pregúntales dónde podemos hacerlo —dijo señalando al corro de curiosos que los rodeaba.

—*Excusez-moi* —se dirigió a ellos Julie, con la mejor de sus sonrisas—. *Où pouvons-nous changer de vêtements?*

Los marineros se miraron unos a otros, sorprendidos de que aquellos visitantes del océano hablaran francés.

Finalmente, fue el mismo Mohammed quien señaló una destartalada caseta de madera, donde él y su hermano Abdul guardaban los aperos.

—*Là* —dijo, quitándose el sombrero para dirigirse a la joven—. *Vous pouvez changer vos vêtements.*

—*Merci* —le agradeció ella con una leve inclinación de cabeza.

—*D'où venez-vous?* —le preguntó a su vez Mohammed, señalando con extrañeza las aguas del puerto.

Antes de que Julie abriera la boca, Riley se adelantó:

—De España.

—*Vous venez d'Espagne?* —repitió perplejo, para convencerse de que había entendido bien.

—Así es —confirmó Alex, todo lo seriamente que pudo—. No teníamos dinero para el pasaje en barco —Disfrutando del desconcierto del pescador, señaló hacia el diáfano horizonte y añadió—: En realidad, tampoco está tan lejos.

Tras cambiarse rápidamente de ropa en la caseta y ponerse otra seca —las dos maletas Globe-Trotter le habían costado una pequeña fortuna en Londres, pero que fueran herméticas resultaba impagable en circunstancias como aquella—, se adentraron entre los edificios del puerto y, procurando no llamar la atención, llegaron hasta la carretera que conducía al centro de la ciudad.

Se detuvieron junto a una explanada donde esperaban los camiones con las mercancías recién desembarcadas, y con un simple contoneo de hombros y un billete de cincuenta francos, Julie convenció a un camionero para que los ayudara a salir discretamente del recinto portuario.

Una vez superaron la garita de control, donde un adormilado militar los dejó pasar sin siquiera mirarlos, le pidieron al camionero que se detuviera al doblar la primera esquina, sintiéndose por fin a salvo.

—¿Y ahora? —preguntó Julie, que se sentía mucho más digna con la ropa seca a pesar de que su pelo era un desastre.

—Ahora tomaremos un taxi hasta el hotel y esperaremos hasta que lleguen los demás. —Consultó el reloj de muñeca—. Calculo que antes de las diez estarán atracando.

—*Très bien.* Tiempo de sobra para darme un baño caliente.

—Y para cenar un buen filete —añadió Riley, al tiempo que levantaba la mano para llamar la atención del conductor de un destartalado Citroën negro con el indicativo de taxi sobre el techo.

El vehículo se detuvo entre una nube de maloliente humo azul. Alex subió ambas maletas a la parrilla del techo frunciendo la nariz, e inmediatamente ocupó asiento junto a Julie.

—*Bon soir* —saludó el taxista girándose en su asiento y mostrando una sonrisa de dientes alternos—. *Où voulez-vous aller?*

—Al Grand Hotel —respondió Riley—. *S'il vous plaît.*

Alex detectó cierta confusión en el conductor al comparar el aspecto algo desastrado que presentaban con el destino de lujo que le habían indicado. Pero la duda le duró lo que tardó en calcular la propina que le podía caer por esa carrera al mejor hotel de la ciudad.

El vehículo se puso en marcha con dificultades, petardeando entre una nueva nube de humo de aceite quemado.

Riley estuvo tentado de sugerirle que revisara los anillos del pistón, que debían de estar muy desgastados, pero supuso que el taxista tendría una razón para no haberlo hecho ya.

Ensimismado, no oyó la pregunta que le acababa de dirigir el taxista.

—¿Ingleses? —repitió el hombre, volviéndose a medias.

—No —contestó secamente Riley.

—Parecen ingleses —insistió el taxista.

—Qué se le va a hacer —rezongó Alex, mirando por la ventanilla para evitar el contacto visual.

—¿Y qué hacen en Orán? ¿De visita? —continuó el otro, ajeno al desaire del capitán.

Riley lo ignoró, sin ganas de dar explicación alguna a un taxista parlanchín, pero Julie no pudo resistirse a ser amable:

—*Oui*, de visita.

—¿Negocios? —volvió a preguntar el conductor, desatendiendo de forma alarmante el volante—. Todo el mundo viene a hacer negocios a Orán. La guerra es un buen negocio para la gente lista —añadió frotándose el índice con el pulgar.

—No, nada de negocios —repuso Julie, tratando de atajar la verborrea del hombre—. Visita familiar.

El taxista cabeceó satisfecho.

—Ah, claro. Por supuesto. Han venido a visitar a un familiar enfermo.

—Sí, eso —admitió ella esperando que ahí se acabara el tema.

—Es terrible lo que está sucediendo —murmuró en tono fúnebre el hombre—. Esta horrible plaga es un castigo de Alá, por haber olvidado sus preceptos.

Julie no se pudo contener y preguntó:

—¿Una plaga? ¿Qué plaga?

Esta vez, el taxista se giró tanto en su asiento que Riley estuvo tentado de saltar hacia delante y tomar posesión del volante. Si no hubiera sido porque aún se hallaban fuera del núcleo urbano, con toda seguridad ya habrían tenido un accidente.

—¿Habla en serio? —le preguntó a la francesa—. ¿No sabe nada de la plaga?

—Acabamos de llegar —alegó mirando de reojo a Riley, que repentinamente se había interesado por la conversación.

—¿Y sus familiares no le han advertido de la plaga antes de venir? —preguntó el taxista, aparentemente indignado.

Julie pensó un instante antes de aclarar:

—Queríamos darles una sorpresa.

El hombre sonrió con amargura, meneando la cabeza.

—Pues ya lo creo que los va a sorprender. Ya lo creo…

—Háblenos de esa plaga —intervino Riley, inclinándose hacia delante con interés—. ¿Es grave?

El otro bufó ostentosamente, como si le hubieran preguntado si en Argelia hacía calor durante el verano.

—Hará unos tres meses, empezaron a aparecer ratas muertas en las calles. Al principio eran pocas, pero pronto cientos, y luego miles. Jamás imaginé que podía haber tantas ratas. No se podía caminar sin tropezarse con una. Cuantas más retiraban los servicios de limpieza, más aparecían. ¿Se lo pueden creer?

—Miles de ratas muertas —repitió Riley pensativo.

—Millones —dijo el taxista—. Y cuando se acabaron las ratas, comenzaron a morir personas.

—Oh, no —masculló Julie.

—¿Ha muerto mucha gente? —preguntó Alex.

—Ha muerto y sigue muriendo —puntualizó el taxista—. Cada vez más. Las autoridades intentan no darle importancia y no dejan que los periódicos ni la radio hablen de ello, pero yo recorro toda la ciudad, ¿saben? Y hablo con mucha gente.

—Eso me lo creo —murmuró Riley.

—¿Cuántas personas han muerto por esa plaga? —inquirió Julie.

—Nadie lo sabe con certeza —confesó el hombre—. Como los hospitales están llenos de marinos heridos por el ataque británico a la flota en Mazalquivir, hay mucha confusión. Pero lo que puedo asegurarles, es que son más de las cien que admiten las autoridades. Muchas más.

—¿Cuántas? —insistió Riley.

El taxista hizo una pausa para respirar hondo antes de proclamar con aire solemne:

—Más de mil. —Resopló—. Quizá dos mil.

—Joder —farfulló Alex, volviéndose hacia Julie. El rostro de la francesa destilaba horror—. ¿Y se sabe ya de qué enfermedad se trata?

El taxista cabeceó con pesadumbre.

—Lo saben, desde luego que lo saben —afirmó contundente—. He llevado a médicos en el taxi que me lo han confirmado, pero no quieren que cunda el pánico en la población. No quieren que la gente salga corriendo de la ciudad y extiendan la plaga por toda Argelia.

—¿Tiene nombre esa... plaga? —quiso saber Julie, conteniendo el aliento.

El taxista los miró por el espejo retrovisor y tardó en contestar, como si dudara de que estuvieran preparados para oír la respuesta.

Finalmente pronunció el nombre, pero en voz baja, como si fuera un demonio al que temiera invocar:

—La peste.

9

El renqueante taxi atravesó Orán de este a oeste, circulando por una ciudad que poco tenía que ver con la imagen preconcebida de una urbe norteafricana. Las calles estaban bien adoquinadas, las aceras eran amplias aunque extrañamente desprovistas de árboles que dieran sombra, y la mayoría de los edificios habían sido levantados siguiendo el estilo Haussmann, tan característico de la metrópoli. De no ser por el sol abrasador y las mujeres con el típico *haik* blanco, que les cubría de la cabeza a las rodillas —dándoles un curioso aspecto que a Riley le hicieron pensar en cigüeñas gigantes—, bien podrían haber estado paseando por algún distrito de París.

—¿Ya había estado aquí antes, *capitaine*? —preguntó Julie, quebrando el pesado silencio que habían mantenido desde que el taxista había pronunciado el nombre de la enfermedad.

—Alguna vez —contestó distraído, sin dejar de mirar por la ventanilla.

—Hay mucha gente en la calle. No parece... que haya una plaga en la ciudad.

Riley no dejaba de darle vueltas a la inquietante relación de su trabajo con lo que estaba sucediendo en la ciudad, buscando inconscientemente señales que le ayudaran a desvincular una cosa de la otra. Quizá Julie estaba pensando en lo mismo, y su observación era fruto del deseo de estar equivocada.

—No, no lo parece —admitió, advirtiendo sin embargo que en el ancho bulevar de Clemenceau, por el que circulaban, había mucho menos tráfico que la última vez. Aunque en realidad no podía estar seguro.

Entonces la calle se abrió a la pequeña y recogida plaza de la Bastille, en cuyo centro se erigía una fuente ahora seca, flanqueada de parterres con flores, palmeras y naranjos. El taxi rodeó la plaza y se detuvo delante de un elegante edificio de cinco plantas de color blanco, frente a cuya puerta aguardaba en posición de firmes un portero uniformado con chaqué y extravagante sombrero de copa.

Un botones acudió presto a tomar las dos maletas de los recién llegados. Mientras Julie lo seguía hasta la recepción del hotel, Alex pagó al taxista el doble de lo que le había pedido.

—La señorita y yo no estamos casados —le explicó guiñándole un ojo—. Usted me entiende, ¿no?

El taxista asintió comprensivo, como si al fin todas las piezas encajaran.

—*Naturellement, monsieur*.

—Así que le pido la máxima discreción. Usted no nos ha visto nunca, ¿de acuerdo?

—Nunca los he visto —repitió, y esbozó una sonrisa cómplice y desdentada mientras se guardaba el dinero en el bolsillo de la camisa—. Nunca jamás.

Aparentando ser solo amigos, tomaron dos habitaciones contiguas en el segundo piso bajo nombres falsos. Riley abrió la puerta de la suya y se derrumbó sobre la cama sin otro deseo que dormir un par de horas. Pero antes de que cerrara los ojos, alguien llamó a la puerta.

—¿Sí? —preguntó levantando la cabeza.

—*Service de chambre, monsieur* —contestó una voz de adolescente—. *J'apporte le champagne que vous avez commandé.*

De mala gana, Alex se puso en pie y tras echar un vistazo por la mirilla para comprobar que en efecto se trataba de un botones, descorrió el pestillo y abrió la puerta.

Frente a él, el mismo joven magrebí que les había ayudado con las maletas sostenía con ambas manos una pesada enfriadera de cristal en la que descollaba el cuello dorado de una botella de Moët & Chandon.

—Gracias —le dijo al muchacho, metiéndole un billete de diez francos en el bolsillo—. ¿Cómo te llamas?

—*Aziz, monsieur.*

—Pues atiéndeme bien, Aziz. Mañana tendrás otros diez francos si cada dos horas me subes más hielo para el champán.

—*Oui, monsieur.* —Sonrió entusiasmado—. *J'apporterai toute la glace qu'il faut.*

—Estupendo. Que no se te olvide.

Tomó la enfriadera, se dio la vuelta y cerró la puerta con el pie. Colocó la enfriadera sobre la recargada mesa, se acercó a la maleta que aguardaba en la cama, la abrió y sacó de entre la ropa un bulto de tela y hule. Con cuidado, comenzó a deshojar las capas que envolvían el bulto como hojas de una lechuga hasta que apareció la caja de latón de Rieux. Conteniendo la respiración quitó el seguro y levantó la tapa. En el interior forrado de fieltro negro, encajada en un hueco hecho a medida, había una pequeña probeta de cristal rellena de una sustancia densa y transparente.

Cuando se recuperó de la sorpresa de que aquello valiera tanto dinero, comprobó aliviado que la ampolla no solo seguía intacta, sino que además estaba fría al tacto. Sujetando la caja como si fuera un bebé recién nacido, volvió a encajar la tapa y se acercó a la mesa. Seguidamente sacó la botella de champán del hielo y en su lugar introdujo la caja, sumergiéndola hasta el fondo entre los cubitos.

Contempló la botella durante un instante, dudando si abrirla. Disponía de tiempo suficiente antes de salir a cenar y encontrarse con el resto de la tripulación.

—Luego —se dijo finalmente, guardándola en el escritorio en un singular esfuerzo de contención.

A las nueve de la noche, vestido con la misma ropa con la que había llegado al hotel pero peinado y aseado, llamó a la puerta de Julie, que la abrió al punto, apareciendo en el umbral.

—¿Lista? —le preguntó.

La francesa se llevó las manos a la cadera y sonrió con coquetería. Se había puesto un vestido escotado color burdeos que le llegaba justo por encima de las rodillas.

—¿A usted que le parece, *capitaine*?

Riley la miró de arriba abajo con admiración, tragando saliva.

—Estás muy guapa —le dijo de la forma más neutra que pudo.

—*Merci* —agradeció encantada, como una niña con un vestido nuevo.

Riley la invitó con un gesto a que lo acompañara y Julie salió al pasillo, cerrando la puerta tras de sí.

Camino del ascensor, Alex volvió a mirarla.

—Pero… ¿cuánta ropa has traído? —inquirió, sorprendido de que su maleta hubiera flotado con tanto peso.

Julie lo miró de reojo.

—Esas cosas no se le preguntan a una dama, *capitaine*.

Tras compartir una opípara cena en el restaurante del hotel, en la que no faltó un buen filete para cada uno, una botella de borgoña y un helado gigante para Julie, decidieron que, en lugar de tomar un taxi, sería buena idea ir caminando hasta el barrio de la casba junto al puerto, donde habían concertado cita con el resto de la tripulación.

La noche había caído al fin sobre la ciudad y, aunque el polvo del desierto velaba las estrellas, restándole belleza al cielo nocturno, la agradable temperatura y la brisa del mar convertían el momento en ideal para recorrer a pie las tortuosas callejas del casco antiguo.

Bajaron por la empinada cuesta de la calle Philippe en dirección al puerto y pasaron junto a la mezquita del Pachá, con sus muros encalados y el esbelto minarete de mampostería. La mayoría de los negocios estaban cerrados, pero paradójicamente ese era el momento del día con mayor afluencia de gente en la calle. Las teterías sacaban las mesas a la calle, donde argelinos y occidentales fumaban tabaco de manzana en *shisha* mientras observaban a la gente pasear, y numerosos tenderetes de fruta y comida hacían su agosto, anunciando a voces zumos de frutas con hielo y pinchos de pollo adobado que chisporroteaban en pequeñas parrillas portátiles. Un aroma sensual a comida, tabaco y especias descendía por la calle Philippe, como la corriente de un río intangible camino del mar.

Riley estaba pensando que no parecía una ciudad asolada por la peste, cuando Julie se detuvo de repente, tomándolo del brazo.

—*Capitaine* —masculló asustada, señalando un pequeño montón de basura junto a la acera.

Alex miró el punto que le indicaba y enseguida comprendió el tono de voz de su piloto.

Entre los restos de comida, papel de envoltorio y su propia sangre seca, yacían muertas una veintena de ratas.

Instintivamente, bloqueó el paso a Julie con un brazo y dio un paso atrás.

—No te acerques —le ordenó.

—No pensaba hacerlo.

Riley miró a su alrededor, asombrado de la indiferencia con la que comía, bebía y fumaba la gente a pocos metros de las ratas muertas, portadoras de la peor plaga conocida por el ser humano.

—El taxista tenía razón… —recordó Julie—. No lo saben.

Esa era la única explicación posible, pensó Riley: que las autoridades hubieran ocultado el hecho y desinformado a la población para que no cundiera el pánico. Pero el resultado era lo que tenían delante: centenares de hombres, mujeres y niños paseando y haciendo vida normal, ignorantes de lo cerca que estaban de la muerte.

—Larguémonos de aquí —gruñó, agarrando a Julie del brazo y llevándosela calle abajo.

Riley se abrió paso casi a empellones, deseando salir de allí y dejar de ver los rostros de toda la gente, ajena al horrible destino que la amenazaba. En cuanto vio un callejón solitario a mano derecha, se metió por él sin soltar la mano de Julie, como si llevara a una niña camino del colegio.

Hasta que las penumbras del callejón los envolvieron, dejando atrás los olores, las voces y los rostros, Alex no aflojó el paso.

Julie, a su lado, lo observó mientras caminaban, y aun en la oscuridad pudo ver cómo se le tensaban los músculos de la mandíbula y mantenía la mirada fija en algún punto más allá del callejón.

A lado y lado del estrecho pasaje, las celosías y contraventanas de las casas encaladas permanecían cerradas. Las temblorosas llamas de los fanales de aceite apenas arrojaban algo de luz al callejón; aun así, Riley creyó ver pequeños bultos oscuros arrastrándose por los rincones. No quiso ni mirarlos y mantuvo la vista al frente como si no estuvieran allí.

Al final del callejón, sin embargo, una pequeña multitud se agolpaba frente a la puerta de una casa. Por un momento Alex pensó en dar la vuelta, pero no podían pasarse la noche esquivando a la gente, así que siguió avanzando hasta llegar a su altura.

A la luz que salía de la vivienda, vio que se trataba de una decena de mujeres argelinas con velo, que hacían cola para entrar en la casa.

Pasaron junto a ellas, arrimándose a la pared opuesta del callejón. Pero al cruzar frente a la puerta, unos lamentos de mujer les hicieron detenerse.

Por encima de las cabezas cubiertas con velos, vislumbraron el interior de la vivienda. En un solo instante descubrieron a varias mujeres sollozando alrededor de una mesa baja de madera guarnecida con flores. En el centro de la mesa, yacían dos bultos cubiertos por un lienzo blanco. Enseguida comprendieron que se trataba de un velatorio y que los dos bultos eran los difuntos. Similares a tantos que Riley había visto a lo largo de su vida, y sobre todo durante los años de la guerra civil española. La diferencia era que no estaban en España y los cadáveres envueltos en sudarios no eran las víctimas de una guerra.

—*Mon dieu...* —musitó Julie con la voz teñida de horror—. Son niños.

El espanto aún podía leerse en los rostros de Julie y Riley cuando media hora más tarde se sentaban a la mesa de un viejo bar del puerto. Era un local oscuro y desvencijado, de paredes cubiertas de sucios baldosines de arabescos, el suelo sembrado de palillos de dientes usados y pequeños restos de comida encajonados en las esquinas. Se trataba de un bar, en fin, solo recomendable para marinos ordeñando los últimos céntimos de su paga o delincuentes en busca de un lugar discreto donde cerrar tratos, de esos en el que nunca nadie sabe, ve u oye nada.

Allí los esperaban, alrededor de una pequeña mesa cubierta de cicatrices en un rincón del local, la dotación al completo del Pingarrón, que acababa de desembarcar tras amarrar en un muelle cercano a la bocana.

—¿Tan grave es? —le preguntó César a su esposa, tras escucharla hablar de lo que sucedía en la ciudad.

—*C'est terrible* —confirmó ella con voz quebrada—. Los niños están… *mon dieu*. Van a morir todos.

Un amargo silencio siguió al augurio de Julie, en cuya abatida expresión los tripulantes del Pingarrón pudieron apreciar la magnitud de la tragedia.

—Y creéis —intervino Jack con la mirada puesta en la botella de cerveza *Pélican* que tenía enfrente, como si esta fuera a darle la respuesta— que lo que March quiere, lo que llevaba ese doctor francés y nosotros le hemos quitado es… la cura.

Julie se encogió de hombros sin saber muy bien qué decir, y todas las miradas se centraron en Riley.

Alex permaneció callado, como había estado prácticamente desde que entraran al local, sumido en sus propios pensamientos. Tardó un momento en darse cuenta de que los demás estaban esperando una respuesta.

—No lo sé —admitió y encogiéndose de hombros añadió—: Pero...

—Entiendo... —Jack cabeceó—. Así que...

El capitán resopló.

—Eso me temo.

El gallego lo miró fijamente.

—Entonces —aventuró—, ¿vamos a...?

—No veo otra.

—Pero ¿cómo?

—Aún no lo sé.

Jack chasqueó la lengua con fastidio.

—Mierda.

—Pues sí.

El resto de la tripulación asistió al intercambio de frases a medias como espectadores en un partido de tenis. Solo que en este caso desconocían de qué diantres iba aquel juego.

—¿Se puede saber de qué estáis hablando? —terció finalmente César.

Jack miró de reojo a Riley.

—Explícaselo —lo instó.

El capitán del Pingarrón miró uno a uno a sus tripulantes, y antes de nada los advirtió:

—Os adelanto que no os va a gustar.

10

El doctor Rieux apoyó los dedos índice y anular en la yugular de la mujer que yacía en la cama, aguardando durante un instante para certificar lo que ya sabía, viendo sus labios azules y la piel apagada de su rostro.

Solo necesitó cinco segundos para comprobar que no había pulso. Cinco segundos para dar carpetazo a una vida de cuarenta años, pensó, cerrándole sus hermosos ojos castaños con la mano y deseándole en silencio un buen viaje, a donde quiera que fuera su alma.

Llevaba menos de dos horas en el hospital y ya habían muerto cuatro personas ante sus ojos. Nunca había imaginado que podría presenciar algo parecido. Ni siquiera en la guerra la muerte es tan cruel, pues allí son hombres jóvenes y fuertes los que se enfrentan a la muerte, y no niños, mujeres y ancianos indefensos.

Levantó la vista del camastro donde yacía el cadáver de la mujer y miró a su alrededor, donde decenas de camas idénticas ocupadas por enfermos moribundos abarrotaban aquella sala del *Hôpital Civil* de Orán. Y no era la única sala, ni la más grande dedicada en exclusiva a tratar a las víctimas de la plaga. Aunque lo de «tratarlos» era un eufemismo de verlos morir sin poder hacer nada por evitarlo.

Un puñado de enfermeras agotadas por el esfuerzo se movían entre las camas de los pacientes sin poder ofrecerles mucho más que palabras de ánimo. Con sus uniformes y cofias blancas y sus pasos silenciosos, a Rieux le hicieron pensar en espectros del más allá dando la bienvenida a los moribundos.

A pesar de mantener abiertos de par en par los grandes ventanales, el calor de la mañana hacía bullir el hedor a muerte y miasmas de la sala, en la que el coro de lamentos de los enfermos desgarraba el corazón del doctor como si lo estuvieran acuchillando.

Abrumado por el dolor y la impotencia, Rieux dejó caer la sábana sobre el rostro sin vida de la mujer y, mordiéndose los labios, se dirigió a la salida lo más rápido que pudo sin echar a correr. Tenía que salir de allí, aunque solo fuera un momento.

El policía que montaba guardia junto a la puerta, controlando que ningún familiar o curioso entrara en la sala, le dedicó una fugaz mirada de desinterés. No era el primero al que veía salir a toda prisa, a punto de llorar, de vomitar o de ambas cosas.

Rieux se abrió paso entre la gente que abarrotaba el pasillo, ignorando sus desesperadas preguntas y peticiones como si no las oyera. No podía detenerse a hablar con ellos, ni tan solo seguir en el edificio un minuto más. Necesitaba respirar aire fresco si no quería correr el riesgo de derrumbarse allí mismo.

Recorrió los interminables pasillos hasta alcanzar la salida del hospital, atravesó la doble puerta de hierro y cristal, y en los mismos escalones de la entrada se detuvo para aspirar profundamente el cálido aire de la ciudad, con olor a mar, humo, orines e incluso especias de la lejana casba.

Con los ojos cerrados, dedicó un minuto largo a expulsar de sus pulmones el aire viciado del hospital y de forma instintiva se llevó la mano al bolsillo, sacó una cajetilla azul de cigarrillos Gauloises, se metió uno en la boca con urgencia y lo encendió.

El humo cálido y amargo descendió por su garganta, ejerciendo un efecto calmante en todo su cuerpo, purificándolo por dentro como si el tabaco y la nicotina pudieran matar cualquier bacteria infecciosa. Cuando hubo recuperado la calma, se decidió a abrir los ojos de nuevo.

La bulliciosa calle Général Détrie discurría frente a la puerta del hospital, con su caótico tráfico, sus tiendas de ultramarinos vendiendo productos de la metrópoli y los viandantes ajetreados que caminaban arriba y abajo por la estrecha acera, ignorantes del drama que transcurría a pocos metros de ellos. O quizá sabiéndolo, pero confiados en que Alá, Dios o Yahveh los protegerían de la enfermedad por alguna razón que solo ellos sabían.

Entonces Rieux se fijó en un muchachito desarrapado que lo miraba fijamente desde el otro lado de la calle. El doctor desvió la mirada con cierta incomodidad, pero segundos después no pudo evitar volver a mirarlo y comprobó que seguía allí, observándolo sin pestañear. Esta vez Rieux le aguantó la mirada, y el niño pareció tomarlo como una señal, ya que atravesó la calle sin comprobar siquiera el tráfico, cruzó el arco de entrada del recinto hospitalario y se plantó frente a él.

—¿Es usted médico? —le preguntó, señalando su bata blanca.

Ante la obviedad, Rieux no pudo más que asentir:

—Así es.

El niño dio un paso más hacia él.

—Mi madre enferma —dijo con voz lastimera—. Usted viene a verla.

Rieux estudió al niño. Debía de tener unos siete u ocho años, iba descalzo y tanto por su parco francés como por su ropa sucia y gastada, supuso que provenía de la barriada de chabolas al otro lado del cementerio.

—¿Cómo te llamas?

—Mohammed.

—Lo siento, Mohammed —le dijo, poniéndose en cuclillas para estar a su altura—. Yo no puedo ir. Tienes que entrar aquí —señaló a su espalda con el pulgar— y pedir que un médico vaya a tu casa.

El niño negó con la cabeza.

—Ellos no van. Yo pedir antes y echarme fuera. Mi madre muy enferma.

—Mira, muchacho, yo no…

—Ella bultos negros, muy grandes, aquí. —Levantó un brazo y se señaló la axila—. Mucho dolor. Mi padre y hermanas también enfermos.

A Rieux casi se le cayó el cigarrillo al suelo. Los ganglios en las axilas eran el síntoma más llamativo de la peste bubónica.

—Yo... —Rieux vaciló—. ¿Dónde viven tus padres?

El niño señaló hacia el norte, en dirección opuesta a donde había imaginado.

—Muy cerca. Usted médico. Usted venir.

Rieux era investigador más que médico al uso, pero era importante localizar cada posible foco de infección y eso podría hacerlo él perfectamente. De todos modos, se dijo, no tenía ningunas ganas de regresar a la sala del hospital de la que acababa de huir.

—Está bien —accedió al fin, lanzando el cigarrillo al suelo—. Llévame a ver a tus padres.

Mohammed salió disparado en dirección a la calle, torciendo a la izquierda hacia la calle Savorgnan de Brazza y luego a la derecha en Soleillet. Rieux apenas era capaz de seguirle el ritmo a pesar de que el niño iba descalzo y estuvo a punto de perderlo un par de veces entre la gente. Tras doblar una nueva esquina, Mohammed se detuvo en seco y Rieux casi tropezó con él.

—Aquí —dijo el niño, señalando la fachada de una modesta tetería.

Rieux leyó el descascarillado rótulo sobre la puerta para asegurarse y preguntó extrañado:

—¿Seguro que es aquí?

El niño no se deshizo en explicaciones.

—Aquí—repitió y entró en el local.

Rieux se encogió de hombros y siguió sus pasos.

La tetería era poco más que un pasillo estrecho y oscuro, de paredes sucias pintadas de un verde desvaído, con un largo mostrador de madera en el que se acodaban un par de clientes aburridos y tras el que un viejo camarero magrebí fumaba una *shisha* con aire indolente.

—Estoy buscando a una mujer enferma —le dijo Rieux—. La madre del chico que acaba de entrar delante de mí.

El hombre, sin separar el narguilé de sus labios, señaló el pasillo por el que se había adentrado Mohammed a toda prisa.

Aunque ligeramente desconcertado ante tal muestra de pachorra, Rieux contestó un fugaz «gracias» y se adentró en la tetería en pos del niño, suponiendo que había una vivienda en la parte de atrás del negocio.

Rieux estaba pensando en el protocolo a seguir si se confirmaba un caso de peste en aquel lugar cuando el pasillo dobló a la derecha y de pronto se encontró en una habitación austera y pobremente iluminada por una solitaria bombilla colgando del techo. Para su sorpresa, en lugar de encontrarse a una mujer enferma yaciendo en una cama, lo que vio fue una mesa, alrededor de la cual lo esperaban sentados un hombre mulato de ojos melancólicos, otro moreno con una cicatriz en la mejilla y una mujer joven y guapa que le sonreía abiertamente.

—Hola, doc —le saludó amistosamente el hombre de la cicatriz, como si fueran viejos amigos que vuelven a reencontrarse—. ¿Cómo le va?

El doctor Rieux dio un torpe paso atrás, trastabillando consigo mismo hasta tropezar con la pared a su espalda.

Incapaz de articular sonido alguno más allá de un aterrorizado balbuceo, Rieux se volvió hacia el pasillo por el que acababa de llegar, sin otro pensamiento que huir de allí de inmediato.

Por desgracia para él, el estrecho corredor estaba ahora bloqueado por dos hombres, los dos que había visto en la barra. Uno era tan grueso que casi ocupaba todo el pasillo a lo ancho, y el que estaba detrás, tan alto que casi lo ocupaba de arriba abajo. Estaba claro que por ahí no iba a poder pasar.

—Tranquilícese —dijo a el hombre de la cicatriz, tratando de calmarlo—. No le vamos a hacer nada.

Rieux se fijó en esos ojos miel que lo observaban con cierta diversión. Esa mirada le hizo pensar en un zorro pidiéndole a una gallina que se estuviera quieta mientras se cuela en el gallinero.

Desesperado, buscó alguna salida, una puerta que llevara a alguna parte, a cualquier parte. Pero el pasillo convertido en local terminaba allí, y allí también pensó que iban a terminar sus días.

—*On ne vous blessera pas* —le dijo la muchacha, asegurándole que no iban a lastimarlo.

Rieux no creyó esas palabras, pero enseguida una manaza cayó sobre su hombro y una voz levemente amenazadora susurró en su oído:

—Siéntese.

Se dio cuenta de que no tenía escapatoria, así que sacudiendo la cabeza ante su propia estupidez, se dejó caer en una de las sillas libres frente a la mesa.

El hombre que lo había torturado sonrió amigablemente.

—Le presento a César —señaló al mulato sentado a su derecha—; el grandullón a su espalda es Marco; él es Joaquín —apuntó con el dedo al hombre gordo y barbudo— pero lo llamamos Jack; a Julie ya la conoce, y a mí… puede llamarme capitán Riley, o capitán a secas, o señor. Como prefiera.

—¿Qué quiere de mí? —le espetó Rieux, desafiante—. Ya no hay nada más que pueda robarme.

—No quiero robarle —replicó Riley—. Otra vez no.

—¿Qué quiere entonces? —Alzó la voz con nerviosismo—. ¿Matarme? ¿Secuestrarme?

—No sea bobo —contestó Jack a su espalda, propinándole una sonora colleja.

—Jack… —lo reprendió Riley—. Eso no ayuda.

—Perdón. Se me ha escapado.

Riley se dirigió de nuevo a Rieux.

—No queremos robarle, secuestrarle, matarle… o violarle, antes de que lo mencione. —Se reclinó sobre la mesa—. Solo queremos respuestas.

—¿Respuestas? —repitió Rieux con incredulidad—. ¿Sobre qué?

—Sobre cualquier cosa que yo le pregunte.

El doctor se cruzó de brazos.

—¿Y si me niego?

Una sonrisa maliciosa se ensanchó en el rostro de Riley. Sus siguientes palabras sonaron realmente amenazadoras:

—Eso sería una tremenda estupidez por su parte, doctor Rieux.

11

El doctor miró hacia el pasillo, donde el gigante malcarado bloqueaba la salida con su enorme corpachón mientras se examinaba las uñas con aire distraído.

Sopesó por un momento las posibilidades que tenía de escabullirse y alcanzar la calle pero, sin necesidad de ser un genio de la táctica, concluyó que era imposible. El tipo gordo seguía detrás de él, y el capitán no le quitaba ojo de encima. Antes siquiera de ponerse en pie, estaría de nuevo atado a una silla.

Sabiéndose sin escapatoria, resopló resignado.

—¿Qué quiere saber?

—Lo que hay en ese vial.

—¿Se refiere... al vial que ustedes dos —miró alternativamente a Julie y Alex— me robaron después de amenazarme, torturarme y dejarme inconsciente?

—¿Eso hicisteis? —inquirió Jack, fingidamente escandalizado.

Riley se encogió de hombros.

—Me pilló en un mal día.

—Pero usted no quería saber nada —le recordó Rieux—. Intenté explicarle de qué se trataba y no quiso escucharme.

—Las circunstancias han cambiado —aclaró el capitán—. Ahora tiene toda mi atención.

—Pero... ¿por qué quiere saberlo ahora? ¿Es que se ha dado cuenta de que no le han pagado lo suficiente?

Riley chasqueó la lengua, negando al mismo tiempo con la cabeza.

—Esto no funciona así, doctor. Yo pregunto y usted contesta. Y si me gustan las respuestas, entonces y solo entonces, podrá hacer usted sus preguntas. ¿Queda claro?

Rieux lo pensó un momento, pero sabía perfectamente que no tenía elección.

—¿Qué hay en el vial? —repitió Riley.

—Una cepa de hongo *Penicillium*.

—¿Ha dicho hongo? —inquirió Jack, convencido de no haber oído bien.

—Así es. Un hongo.

—Si quiere hacerse el gracioso... —le advirtió Alex apuntándole con el dedo.

Rieux puso los ojos en blanco.

—Miren... si no me creen, este interrogatorio carece de sentido.

Alex tardó un instante en decidir si le tomaba el pelo.

—Explíquese —le ordenó.

El doctor respiró profundamente y preguntó:

—¿Han oído hablar de la penicilina?

Los tripulantes del Pingarrón intercambiaron miradas de desconcierto, hasta que César levantó la mano y contestó:

—Yo sí. Es una especie de medicina milagrosa que descubrió hace unos años un científico inglés, ¿no?

Rieux asintió satisfecho.

—Así es. La descubrió accidentalmente Alexander Fleming en 1928. Es un bactericida muy potente, como nunca se ha conocido antes. La cura definitiva para la mayoría de las infecciones conocidas por el ser humano.

—¿En serio? —inquirió Julie—. Nunca había oído hablar de ella.

—Eso es porque hasta ahora, el proceso de elaboración ha sido tan complejo que el coste resultaba astronómico. Ningún enfermo podía pagarlo.

—¿Y eso es lo que se llevó del laboratorio? ¿Esa penicilina? —preguntó Jack—. ¿Pero no ha dicho que era un hongo?

—El hongo del que se extrae la penicilina.

Riley apoyó los codos en la mesa y tomó la palabra:

—A ver si lo entiendo… ¿Nos está diciendo que lo que hay en el vial es una cepa de un hongo del que se extrae esa penicilina milagrosa? ¿Un hongo que es tan escaso que esa pequeña cantidad que traía con usted vale una fortuna?

Rieux sonrió jactancioso.

—En realidad, es justo lo contrario. Esa cepa en concreto no vale más de unos dólares.

—Ahora sí que me he perdido —confesó Jack.

—Déjese de adivinanzas —le exigió Riley con impaciencia—. Explíquenos sin rodeos por qué es tan valioso ese maldito hongo.

—Está bien… —El doctor alzó las manos pidiendo calma—. Como les decía, la penicilina se descubrió hace casi quince años, pero su coste era desorbitado y su aplicación práctica inviable. Así que un equipo de científicos liderados por los doctores Howard Walter Florey y Norman Heatley, entre los que yo mismo me encontraba, estuvimos trabajando en secreto durante años en la Escuela de Patología Sir William Dunn de Oxford, con el objetivo de hallar una cepa de *Penicillium* que produjera mayor rendimiento, así como de un método de cultivo y procesamiento más económico y efectivo. Nuestra meta —añadió satisfecho— era lograr que la penicilina fuera tan barata y accesible que nadie muriera nunca más por una infección.

—¿Y lo lograron? —preguntó César con interés.

—Oh, sí —confirmó Rieux ufano—. Desde luego que lo logramos. Conseguimos aumentar la producción a cincuenta unidades por mililitro, a un costo aproximado de cinco dólares por cada dosis. Más barato que la ginebra.

—Y fue entonces cuando usted robó la cepa —apuntó Alex.

Rieux torció el gesto.

90

—Estando en Oxford, me enteré de que se había declarado una epidemia de peste bubónica aquí en Orán, mi ciudad. —Paseó la mirada entre los presentes—. ¿Ustedes qué habrían hecho en mi lugar?

—¿Y esa penicilina suya... —preguntó Julie, casi con reverencia— cree que puede curar la peste?

—Probablemente. —Dirigiéndose a Riley, agregó—: Podría salvar la vida a decenas de miles...que de lo contrario morirían horriblemente.

Alex pasó por alto la acusación indirecta y preguntó a su vez:

—Entonces... ¿no pueden volver a reproducir esa cepa en el laboratorio de Inglaterra? ¿Se llevó usted una muestra irremplazable?

—Qué va, en absoluto. —Rieux negó tajante con la cabeza—. En el laboratorio de Oxford disponen de cubas enteras con este mismo hongo. Podrían hacer millones de dosis con lo que ya tienen. De hecho, mi intención era reproducir ese proceso una vez en Orán, calculando que en tan solo dos semanas podría empezar a tratar a los primeros pacientes con el antibiótico.

Riley parpadeó confuso y se rascó la cabeza con aire pensativo.

—Pues no lo entiendo. ¿Nos puede explicar entonces por qué es tan valiosa esa penicilina? Hay personas dispuestas a pagar muchísimo dinero por poseer la muestra que usted traía. Personas que no tienen un pelo de tontas. ¿Por qué iban a pagar tanto por algo de tan poco valor? Aquí hay algo que usted no nos está contando.

Rieux se enderezó en la silla, cruzándose de brazos.

—Ustedes son quienes la han robado; deberían saberlo. ¿Para quién trabajan?

—No esperará que se lo diga.

—No. Lo que espero es que piense un poco. ¿Quién cree que en estos tiempos de guerra puede querer una medicina que cure cualquier infección en cuestión de días?

—¿Se refiere al ejército? —aventuró César.

—Efectivamente —afirmó Rieux—. El ejército británico ha tomado el mando de las investigaciones, convirtiendo la producción masiva de esta nueva clase de penicilina en un asunto de alto secreto.

—¿Por qué? —inquirió Julie con incredulidad—. Eso no tiene ningún sentido.

—Al contrario —repuso Rieux—. Lo tiene y mucho. Recuerde que estamos en guerra.

—¿Y eso qué tiene que ver? Estamos hablando de una medicina, no de un arma.

—¿Pero quién maneja las armas?

—Los solda... —La francesa se detuvo a media frase, comprendiendo al fin—. *Oh, mon Dieu.*

—Históricamente, la mayoría de las muertes y amputaciones en el campo de batalla no las han provocado las balas ni las bombas —aclaró Rieux—, sino las infecciones. Así que, si se puede disponer de toda la penicilina necesaria para tratar a los soldados heridos y que vuelvan al campo de batalla... —Abrió las manos, como si en ellas sostuviera la respuesta—. A efectos prácticos, es como aumentar la cantidad de efectivos militares en un cuarenta o cincuenta por ciento.

—*Carallo* —espetó Jack.

—Un momento —advirtió Alex—. ¿Cree que quien nos han contratado son los militares británicos... para recuperar esa cepa y mantener su descubrimiento en secreto?

—Es una posibilidad —admitió Rieux—. Pero de ser así, simplemente le habrían ordenado destruir el vial con la cepa de inmediato, no robármelo.

—Entonces —barruntó Jack—, si no son los británicos...

Rieux se llevó la mano a la mandíbula, parodiando un gesto reflexivo y frunciendo el ceño con exageración.

—A ver, déjeme pensar... ¿Quién podría tener un ejército de millones de soldados combatiendo en la guerra, si no son los ingleses ni sus aliados, y que ansíe poseer un antibiótico que los haga prácticamente inmunes a las infecciones?

La respuesta era obvia, pero fue Marco quien contestó como si acabara de acertar una dificilísima adivinanza:

—¡Los nazis!

—Sí, Marco —confirmó Alex—. Los nazis.

—¡Lo sabía! —se felicitó, muy orgulloso de sí mismo.

Un largo y meditabundo silencio se apoderó de la estancia, hasta que Julie lo rompió:

—Yo no quiero trabajar para los nazis, *capitaine*.

—Ni tú ni nadie —recalcó Jack.

—A mí me da igual... —dijo Marco—. Mientras paguen.

Los demás le dedicaron una mirada desdeñosa, sabedores de los pocos escrúpulos del yugoeslavo.

—Pero... ¿qué podemos hacer? —preguntó César, dirigiéndose a su capitán—. ¿Cree que hay alguna posibilidad de anular el trato?

Riley negó lentamente con la cabeza.

—Lo dudo.

—¿Y si le devolvemos el dinero y le decimos que no lo hemos logrado? Que hemos fallado.

Riley suspiró sonoramente.

—Tampoco creo que sea una buena idea. Además, seguro que están al corriente de lo sucedido ayer en el *Genoa*. Sabrán que lo tenemos.

—Entonces... ¿qué?— inquirió su segundo.

—No lo sé, Jack. Lo único que se me ocurre es procurar negociar de algún modo. Explicarle la situación e intentar convencerlo de hacer lo correcto.

—Estás de broma, ¿no?

—Tenemos que probarlo.

El gallego se pasó la mano por la frente con cansancio.

—¿Y cuando se niegue? Porque como me llamo Joaquín que se va a negar.

—Pues si se niega, tendremos que improvisar, como siempre terminamos haciendo.

Jack dejó escapar un suspiro y echó un vistazo a su reloj.

—En fin…Pues en ese caso, más vale que nos pongamos en marcha, porque la entrega es dentro de seis horas.

12

A aquella hora de la tarde, el sobrio edificio de la Catedral del Sagrado Corazón de Orán, con sus dos elegantes torres gemelas de estilo mozárabe flanqueando la colorida fachada de ladrillos de arenisca, invitaba a adentrarse en su interior para escapar del insoportable calor que asediaba las calles.

Alex Riley, seguido de cerca por Jack Alcántara, ascendió por las interminables escalinatas de piedra y, como dos feligreses más, atravesaron los arcos de la entrada principal.

Aún faltaba un rato para la misa de las siete de la tarde, pero el lugar estaba ya atestado de parroquianos que ocupaban la mayoría de los bancos de madera, musitando plegarias en dirección al enorme crucifijo que presidía el altar en el otro extremo de la nave. Mientras se dirigían a un lateral de forma discreta, Riley observó que los muros habían perdido hacía tiempo su blanco impoluto, a causa de los centenares de cirios que, como pequeñas estrellas amarillas, ardían a los pies de aquellos santos y vírgenes de escayola y tez sonrosada, casi despectivos desde sus elevadas hornacinas.

—Hay demasiada gente, ¿no te parece? —dijo Jack, paseando la mirada por los bancos.

—Debe de ser por la plaga —susurró Alex—. En tiempos desesperados, las religiones hacen su agosto.

—Ya, supongo —murmuró el gallego y, estirando el cuello, preguntó—: ¿Ves algo?

Riley miró a su alrededor con disimulo y consultó su reloj.

—Es el lugar y la hora —confirmó—. No creo que tarden.

A continuación, se sumieron en un inquieto silencio que duró más de un minuto, afectados por el desconsolado ambiente que se respiraba en aquel lugar, donde los rezos se mezclaban con los lamentos ahogados y el llanto de los niños.

—Extraño lugar para cerrar un trato —comentó Jack.

Alex se encogió de hombros.

—Mira el lado bueno. No creo que nadie se atreva a dispararnos aquí dentro.

El gallego se dispuso a contestar, pero se le adelantó una voz femenina a su lado:

—Eso depende.

Los dos se volvieron hacia una figura envuelta en un hiyab negro que, arrodillada, estaba encendiendo una vela votiva frente a una recargada imagen de Nuestra Señora de África.

—¿Perdón? —preguntó Jack, molesto por aquella injerencia.

La mujer se puso en pie tranquilamente y apartó el velo de su cara para que vieran con claridad sus facciones.

Riley no necesitó ver el pelo rojo que seguía oculto bajo el pañuelo para reconocer aquellos ojos azules y la sonrisa esquinada que los acompañaba.

—Buenas tardes, capitán.

Alex tuvo que hacer un esfuerzo consciente para no dejar traslucir la sorpresa.

—No esperaba verla aquí.

—Nadie lo espera nunca —replicó Noemí, estirando los labios—. ¿Tiene la mercancía?

—Claro.

La mujer echó un vistazo fugaz a las manos vacías de Alex.

—Muéstremela.

—No creerá que la llevo encima.

La sonrisa se esfumó del rostro pecoso de Noemí, como si nunca hubiera estado ahí.

—La entrega estaba acordada para hoy —dijo con voz grave.

—Lo sé —admitió Riley—. Pero ha surgido un pequeño inconveniente.

La pelirroja chasqueó la lengua con decepción.

96

—Un inconveniente... —repitió con el tono que emplearía una maestra ante un niño que asegura que su perro se ha comido los deberes.

—Así es. Tenemos que...

La mujer alzó la mano, haciéndolo callar en seco.

—Me traen sin cuidado sus razones —siseó—. Si no cumple lo acordado con el señor March, tendrá que atenerse a las consecuencias.

—Usted no lo comprende —intervino Jack, aproximándose a ella.

A pesar de su menudo tamaño en comparación con el gallego, se volvió hacia él como un rayo, clavándolo en el sitio con una mirada gélida.

—No, ustedes son los que no comprenden. Si no cumplen su parte del trato, no volverán a ver el amanecer.

—No nos amenace —masculló Riley, dando un paso hacia delante, buscando intimidar a Noemí.

Con la velocidad de un rayo, una navaja apareció en la mano de la mujer y fue a parar a la entrepierna de Alex.

—No necesito amenazarle, capitán —susurró, apoyando la hoja de acero contra sus genitales—. Solo le estoy advirtiendo... por su bien.

Riley agarró la delgada muñeca de Noemí y apartó la navaja bruscamente.

—Quiero hablar con el señor March —le dijo con dureza—. No con su empleada.

La sonrisa se ensanchó en el rostro de la pelirroja, formando dos paréntesis en la comisura de sus labios.

—Usted no va a hablar con nadie —contestó soltándose de la presa, aparentemente divertida por la petición—. Para usted, esta empleada es como Jesucristo —añadió abriendo los brazos teatralmente, haciendo que una feligresa que pasaba por su lado girara la cabeza, escandalizada—. No hay salvación posible, si no es a través de mí.

El tono de voz de ambos estaba llamando la atención entre los feligreses, y cada vez eran más los que les dirigían miradas de censura desde los bancos de la iglesia. Pero eso no parecía importar a Noemí en absoluto. Más bien, parecía estar disfrutando de tener público.

—Devolveremos el dinero que nos adelantó —arguyó Riley en un intento por ser razonable—. E incluso estoy dispuesto a llegar a un acuerdo ventajoso, de cara a futuros contratos.

Esta vez, Noemí soltó una carcajada que resonó en toda la iglesia.

—¿Futuro? —repitió a duras penas, como quien se recupera de un chiste divertidísimo—. Ninguno de ustedes tiene futuro alguno si no me entregan la mercancía.

Una pequeña multitud había empezado a rodearlos con aire hosco y se empezaban a oír algunas recriminaciones para que abandonaran el templo. Jack los miraba con preocupación, y Alex temió que de prolongar aquella situación, en algún momento alguien llamaría a la policía. La mujer, sin embargo, no parecía siquiera verlos.

—Esta noche —dijo al fin Riley, dirigiendo una mirada resignada a su segundo—. Esta noche se la entregaremos. En la estación de trenes.

—No. Démela ahora —objetó Noemí, extendiendo la mano.

—El trato era que la entrega se haría hoy —le recordó él—. No dijimos nada sobre la hora.

—Al señor March no le va a gustar nada su actitud.

—Y a mí no me gusta la suya. Pero no estamos aquí para hacer amigos, ¿no?

La pelirroja pareció contar mentalmente hasta diez.

—Dentro de una hora —concedió—. En la estación de ferrocarril.

Riley negó con la cabeza.

—A medianoche.

—Usted no pone las condiciones. El señor March…

—El señor March —la interrumpió esta vez él—, lo que quiere es su mercancía. ¿Le va a decir que no la tiene porque no quiso esperar un par de horas?

Noemí afiló la mirada, tensando los músculos de la mandíbula como si estuviera conteniéndose de soltar un exabrupto, pero se mantuvo en silencio.

Al cabo de unos instantes de esperar una respuesta que no llegaba, Riley añadió:

—Me tomaré eso como un sí.

Sin darle tiempo a contestar, se dio la vuelta, dejándola plantada y con la palabra en la boca.

—¡Capitán! —lo llamó al fin, cuando ya se había alejado una decena de metros.

Alex se detuvo, volviéndose a medias.

—Espero por su bien y el de su tripulación —le advirtió en voz alta, sin importarle que todo el mundo la oyera— que no se le ocurra jugármela. Ese sería el último error de su vida. ¿Me comprende?

Riley miró a aquella mujer de piel blanca cubierta por un hiyab que parecía querer fundirlo con los ojos. No había nada más que decir, así que continuó caminando seguido de cerca por Jack.

—Estamos jodidos, ¿no? —preguntó el gallego al llegar a las escalinatas, lanzando un vistazo de desconfianza a su espalda.

Riley asintió de forma imperceptible.

—Muy jodidos.

Media hora más tarde, sentados alrededor de la mesa del Pingarrón, los cinco tripulantes de la nave acompañados por el doctor Rieux intercambiaban miradas apesadumbradas y gestos de frustración.

El capitán y Jack les habían puesto al corriente de lo sucedido con la agente de March, y progresivamente las arrugas de preocupación fueron alargándose en sus rostros como si se encontraran en un funeral.

—¿Y si le damos una probeta falsa y le decimos que el hongo se murió por el calor? No sería culpa nuestra—sugirió Julie.

Riley negó con la cabeza.

—No creo que eso les importe. Si el hongo muere, nosotros morimos. Fin de la historia.

—Pero ¿cómo podría darse cuenta? —preguntó César—. Es solo un tubo con una especie de gelatina. Para ver el hongo hay que usar un microscopio.

—Por lo que sé de March, apuesto a que han traído uno.

—Se me ocurre una cosa —apuntó Jack, mesándose la barba—. ¿Y si le damos la probeta con un hongo... pero que no sea el mismo? —Se volvió hacia Rieux—. ¿Podrían ver la diferencia?

El doctor puso las palmas de las manos hacia arriba.

—Yo podría —afirmó sin dudar—. Depende de lo competente que sea quien lo compruebe.

—¿Qué opinas, Alex? —le preguntó su segundo.

El capitán volvió a negar con la cabeza.

—Lo mismo que antes. Seguro que March ha mandado a alguien que sabe distinguir un hongo de otro. Pero aunque no fuera así... tarde o temprano averiguarían el engaño.

—Para entonces, ya podríamos estar muy lejos —opinó César.

A Riley se le escapó un conato de sonrisa.

—¿Lejos de dónde? Estamos hablando de Joan March. Nos encontraría en cualquier sitio donde nos escondiéramos, aunque solo fuera para dar ejemplo.

—El mundo es muy grande.

—No lo bastante.

—¿Entonces qué? ¿Nos rendimos? ¿Les quitamos la medicina a los enfermos para dársela a los nazis?—intervino Julie señalando el lugar donde habían guardado la probeta, en la nevera de la cocina.

—No creo que tengamos muchas más opciones —arguyó Riley.

—*Carallo*, Alex —le espetó Jack—. No puedes estar hablando en serio.

El capitán del Pingarrón miró a su segundo y entrelazó los dedos con aire paciente.

—Si tienes una idea mejor, estaré encantado de escucharla.

—No lo sé, pero si esa cosa cae en manos de los alemanes... —Sacudió la cabeza, contrariado—. Ya han ocupado toda Europa y los ingleses resisten a duras penas. Joder, no quiero ser yo quien los ayude a ganar la maldita guerra.

—Ni yo tampoco, amigo mío.

—¿Ah, no? Pues eso es lo que va a suceder si le entregamos esa probeta a March.

Un brillo de astucia apareció repentinamente en los ojos de Riley.

—No necesariamente.

El gallego se inclinó hacia delante frunciendo el ceño.

—¿Qué quieres decir?

—Quiero decir —se retrepó en la silla— que para cumplir el contrato y salvar el pellejo, nosotros hemos de entregar la penicilina a March...Pero para que los alemanes no puedan usarla, March no debe entregársela a ellos.

—¿A dónde quiere ir a parar, *capitaine*? —inquirió Julie.

—¿Acaso pretende convencer a March de que no se la venda a los nazis? —preguntó César con incredulidad.

Riley negó con la cabeza.

—No, nada de eso.

—*Cagüenlá*, Alex. —Jack resopló con impaciencia—. Déjate de adivinanzas.

—Por favor, capitán —le rogó Rieux—,explíquese.

Riley se irguió en su asiento y carraspeó, tomándose unos segundos para aclarar sus ideas antes de exponerlas.

101

—La idea es sencilla: le entregamos la probeta a Noemí, ella se comunica con March para informarle de que hemos cumplido con nuestra parte del trato, y luego nosotros… recuperamos la penicilina y se la devolvemos a Rieux.

Riley paseó la mirada por los rostros que lo observaban expectantes, a la espera de sus reacciones, que tardaron varios segundos en aparecer. Ninguna de ellas denotaba alegría.

—¿Estás sugiriendo —preguntó Jack, incrédulo— que le entreguemos la penicilina a March y luego… —hizo una pausa, dudando si terminar la frase— se la robemos?

—¿A que es un buen plan?

Al gallego no se lo pareció.

—¿Pero tú estás tonto o qué te pasa? ¿Cómo coño vamos a robársela? ¿No te das cuenta de que, si acaso no nos matan al intentarlo, en cuanto March se entere pondrá precio a nuestras cabezas?

—Pues tendremos que evitar que nos maten y que se entere.

—¿Cómo?

Riley torció un poco el gesto.

—Esa es una parte del plan que aún hay que pulir.

—No tienes ni puta idea de cómo hacerlo, ¿no?

—Bueno… algo se nos ocurrirá.

—Algo se nos ocurrirá —lo imitó Jack, alzando la vista al cielo como si hablara con alguien de allí arriba—. Me cago en la leche.

Alex se reclinó hacia delante y se apoyó en la mesa.

—Mira la parte positiva, Jack —le dijo con voz socarrona—. Si quien roba a un ladrón tiene cien años de perdón… Robarle a alguien como March nos garantiza la vida eterna.

13

La estación de trenes de Orán era un edificio relativamente nuevo, diseñado por arquitectos con una idea peculiar sobre lo que debía ser una terminal ferroviaria.

—*Carallo* —comentó Jack al verla—,parece una mezquita.

Aunque solo parcialmente alumbrada en el exterior por las rácanas farolas de la calle, la estación revelaba el inconfundible perfil de un templo religioso musulmán. No solo por la planta, el artesanado exterior o la cúpula de inspiración islámica, sino porque incluso disponía de su propio minarete elevándose por encima del conjunto, donde un colosal reloj marcaba las doce menos cinco de la medianoche.

—Llegamos pronto —añadió el gallego, mientras subían las escaleras del edificio.

—No me gusta hacer esperar a las damas —alegó Riley.

Su segundo hizo una mueca.

—No sé yo si entraría en la categoría de las damas… Admito que la chica es guapa —chasqueó la lengua—, pero tiene más peligro que una piraña en el bidet.

—Ya. —Alex bufó por la nariz—. Aunque dime una que no.

Mirando precavidamente a su alrededor, atravesaron las grandes puertas de la estación y accedieron al interior, un amplio espacio abovedado iluminado tenuemente por unos grandes faroles que colgaban del techo como extravagantes racimos de uva.

Por un momento, los dos marinos se quedaron plantados frente a la puerta, admirando la majestuosidad del lugar y su desconcertante simbolismo, ya que si bien el exterior era idéntico a una mezquita, el interior estaba decorado con inesperadas cruces cristianas, mientras que unas estrellas de David que era imposible pasar por alto remataban el cénit de las bóvedas.

Cuando bajaron la vista, se encontraron con una veintena de adormilados pasajeros sentados sobre sus bultos o directamente tumbados sobre mantas intentando conciliar el sueño. Había hombres, mujeres, ancianos y familias enteras arracimadas en pequeños grupos a la espera del primer tren de la mañana y a los que solo les faltaba montar la haima y encender fuego para montar un campamento bereber.

—¿La ves? —preguntó Jack, oteando a izquierda y derecha.

—Relájate —le dijo Riley—. Esta es la parte fácil.

—Puede, pero no me fío un pelo.

—Mientras tengamos esto —indicó el capitán, dando un golpecito en el abultado bolso que llevaba a un lado—, no se arriesgarán a hacer nada raro.

—A mí me preocupa lo que pasará luego.

Alex miró de reojo a su amigo.

—¿Quieres echarte atrás?

—Me parece que ya es un poco tarde para eso —contestó señalando al frente—. Ya está aquí tu amiga.

Por la puerta del otro extremo de la estación, apareció Noemí con su melena rojiza cayéndole sobre los hombros, en un elegante vestido negro que hacía resaltar el blanco de su piel, taconeando sonoramente a cada paso y atrayendo todas las miradas en el recogido silencio de la estación.

Alex no pudo evitar admirar el insensato aplomo de aquella mujer, en una solitaria estación de tren a medianoche, dirigiéndose al encuentro de dos contrabandistas malcarados que, por lo que ella sabía, podrían matarla y huir de allí con el botín. Desde luego, tenía que ser alguien con agallas para haber llegado a convertirse en la sicaria de Joan March. Eso o estar muy loca.

—Buenas noches, caballeros —dijo al tenerlos delante, desplegando una falsa sonrisa de despreocupación—. Me alegro de que hayan sido puntuales. —Desvió la mirada hacia la bolsa que colgaba del hombro de Riley y preguntó—: ¿Tienen ahí lo mío?

A su vez, el capitán del Pingarrón lanzó un vistazo al bolso de ella.

—¿Y usted lo nuestro?

Noemí parpadeó unos segundos, como decidiendo qué decir a continuación. Finalmente optó por ir al grano.

—Está bien. —Abrió el bolso y sacó un sobre de papel de estraza—. Dejémonos de ceremonias y hagamos el intercambio.

—¿Está todo ahí? —inquirió Jack, sospechando del poco bulto que hacía el sobre.

—Denme la mercancía y podrán contarlo todas las veces que quieran.

—No estará pensando en jugárnosla, ¿no? —insistió Jack.

Ella resopló, aparentemente divertida por la desconfianza del gallego.

—Si quisiera jugársela —aclaró en un tono desenfadado que no casaba con sus palabras—, ustedes dos y el resto de sus tripulantes, además del doctor Rieux, ya estarían muertos y su barquito de juguete, hundido en el fondo del puerto.

Riley se esforzó por no transmitir ninguna emoción ante aquella sutil amenaza. Había dado por hecho que los vigilaban, pero Noemí quería dejarle claro que su vida y la de su tripulación estaba en sus manos.

—Acabemos con esto de una vez —dijo descolgándose la bolsa y alargándosela a la mujer, que a cambio le entregó el sobre.

El capitán se lo pasó a su segundo.

—¿Por qué pesa tanto? —inquirió Noemí, sopesando la bolsa.

—Está llena de hielo para conservar frío el contenido de la probeta.

—Bien pensado —concedió con una mueca de aprobación, colgándose la bolsa del hombro sin mirar en su interior.

—¿No va a comprobar que esté todo bien? —preguntó Alex.

Noemí frunció el ceño.

—¿Por qué? ¿Debería?

—No, claro que no. Solo que…

—Confío en que no habrán sido tan estúpidos como para tratar de engañar al señor March —lo interrumpió—. Dentro de unos minutos, un experto me habrá confirmado que está todo bien, y de no ser así…—afiló la mirada como un tigre frente a su presa y agregó—: bueno, ya se lo pueden imaginar, ¿no?

—Está todo bien —zanjó Riley, rezando en su interior para que así fuera.

—Veremos —contestó ella con un guiño.

—Entonces… ¿ya está? —intervino Jack—. ¿Ya hemos terminado?

—¿Qué quieren? —bufó Noemí—. ¿Un recibo?

—Hay una última cosa —apuntó Alex con semblante serio—. No es asunto mío y no tendría por qué decírselo, pero tómelo como un acto de buena voluntad hacia el señor March.

Intrigada, Noemí alzó una ceja.

—¿De qué se trata?

Riley respiró hondo, como si aún no estuviera seguro de decidirse a hablar.

—Alguien más se ha interesado por comprarnos la mercancía.

—¿Alguien más? ¿Quién?

—No nos dio su nombre, como puede imaginarse. Pero dijo hablar en nombre del gobierno alemán. —Hizo una pausa y añadió—: Nos ofreció el doble de la oferta del señor March, pero la rechazamos.

—¿Alemán? —inquirió Noemí, sin poder ocultar su extrañeza—. ¿Está seguro?

Riley se encogió de hombros.

—Eso fue lo que dijo.

—¿Y qué es lo que sabía?

—Lo bastante como para convencernos de que iba en serio.

La mujer escrutó los rostros de los dos marinos, buscando el más mínimo rastro que delatara una mentira.

—¿Por qué me cuenta esto?

—Pensamos que podría ser uno de sus agentes, enviado para probarnos... —explicó con su mejor cara de póker— pero tanto si es así como si no, supusimos que al señor March le gustaría saberlo.

Noemí no contestó a aquello. Solo siguió estudiando el lenguaje corporal de los dos hombres.

—¿Alguna sorpresa más?

Alex negó con la cabeza.

—Espero que así sea —replicó aquella mujer, en cuya boca la mitad de las palabras parecían una amenaza—. Hasta la próxima, capitán —se despidió, ignorando a Jack como si no estuviera allí.

Sin añadir nada más ni el menor gesto de cortesía, se dio la vuelta y se marchó por donde había venido, con el sonido seco de sus tacones amplificados por el eco de la estación.

—Mira —susurró entonces Jack.

Riley miró en la dirección que le indicaba el gallego y vio cómo, a una indicación de Noemí, uno de los hombres que parecía estar durmiendo en un rincón envuelto en su chilaba se ponía en pie y seguía sus pasos. Y luego otro más y otro, e incluso una mujer oronda que dormitaba junto a las taquillas aún cerradas y que resultó ser un hombre se puso en pie y se dirigió a la salida en pos de la empleada de March.

A pesar de la penumbra de la estación, Alex pudo distinguir el inconfundible bulto que formaban las pistolas bajo sus ropas.

A menos de un kilómetro de distancia de donde había llevado a cabo la entrega, agazapado tras una esquina, Riley consultó su reloj de pulsera y comprobó que ya era casi la una de la madrugada.

Una tenue neblina con olor a sal había llegado del mar, extendiéndose sobre las calles del centro más cercanas al puerto. Sin embargo, al otro lado de la plaza De la Bastille resultaba perfectamente visible el cartelón del Grand Hotel, en la fachada del edificio donde él mismo se había alojado con Julie.

—¿Estáis seguros de que han venido aquí? —preguntó a Julie, César y Marco, que habían sido los encargados de seguir a Noemí y su séquito de matones.

—*Oui* —confirmó la francesa—. Han reservado toda la planta superior.

—Curiosa coincidencia —apuntó Jack.

—No tanto. *C'est lemeilleur* hotel de la ciudad.

—¿Y qué más habéis podido averiguar? —preguntó de nuevo Alex—. ¿Sabéis cuántos son o si han apostado guardias?

—No he querido indagar tanto —aclaró César—. El conserje ya me empezaba a mirar raro con tantas preguntas.

—Yo puedo ir y preguntarle —sugirió el yugoeslavo, esbozando una sonrisa peligrosa.

—No. Mejor que no —respondió Riley, imaginando los métodos de Marovic.

Jack chasqueó la lengua y dijo:

—Pues habrá que averiguarlo de algún modo. No podemos ir a ciegas.

Los cinco se quedaron pensando en silencio, hasta que Julie prorrumpió:

—*Pas de problème*. Tengo una idea.

Todos le prestaron atención.

—¿Qué idea? —preguntó su marido.

En lugar de dar la respuesta, Julie le guiñó un ojo y dijo:

—Ahora vengo.

Sin añadir una palabra más, se encaminó a paso rápido hacia la entrada del hotel.

—¡Espera! —la detuvo Riley cuando ya se iba—. ¿Qué vas a hacer?

—Tranquilo, *capitaine*. Solo voy a buscar a un amigo.

Julie regresó al cabo de unos minutos, cruzando la plaza acompañada por una figura pequeña y delgada que Riley tardó en reconocer sin el uniforme de botones.

—Hola, Aziz —lo saludó cuando estuvo junto a ellos—. Me alegro de volver a verte.

El muchacho, vestido con una raída chilaba y unas zapatillas, tenía cara de haberse levantado de la cama hacía dos minutos y de no entender muy bien qué estaba pasando o por qué estaba a esas horas en mitad de la calle con unos desconocidos de aspecto sospechoso.

—*Bonsoir, monsieur* —saludó sin embargo, recordando al hombre que le había dado la generosa propina a cambio de un suministro constante de hielo.

—Necesitamos tu ayuda —le espetó Riley sin preámbulos.

—*Mon aide?* —repitió para asegurarse de que había entendido bien.

—Nos harías un gran favor —aclaró el capitán, sacando su cartera del bolsillo y extrayendo un billete de cien francos.

Aziz contempló incrédulo cómo aquel billete con el dibujo de una mujer laureada en el anverso fue a parar a su mano, como si fuera una mariposa rara y gigante.

—*De quoi avez-vous besoin?* —preguntó levantando la vista del billete.

—Necesitamos información sobre el grupo que se ha instalado en la última planta. Cuántos son, si hay más en el hotel, cuándo se marchan… Todo lo que sepas de ellos y, sobre todo, de la mujer que los dirige.

La expresión de Aziz se tornó pretendidamente astuta, aunque sin demasiado éxito.

—*La femme rousse?* —preguntó como si eso lo explicara todo.

—Sí, la pelirroja.

—*Très belle* —afirmó Aziz.

—Sí, muy guapa —concedió Alex pacientemente—. Pero necesito saber cuántos la acompañan y lo que van a hacer.

—*Ils sont six hôtes dans six chambres* —explicó levantando seis dedos, y añadió con picardía—:*La belle femme dort seul.*

—Dice que son seis en seis habitaciones —tradujo Julie para los demás—. Y que la mujer guapa —miró al capitán— duerme sola.

—Pregúntale si sabe a qué hora se marchan —dijo Jack.

La francesa preguntó al botones y tradujo:

—A las siete de la mañana.

—*Merda* —bufó el gallego.

—¿Y sabe a dónde? —preguntó César.

Julie volvió a repetir la operación, pero no hizo falta traducir el meneo de cabeza de Aziz.

—Tiene que ser en barco —razonó Riley—. Tienen que regresar a la península.

—No hay ningún barco que salga mañana para España — señaló César—. Eso ya lo hemos comprobado. El siguiente no sale hasta dentro de cuatro días.

—Puede que vayan por tierra hasta Ceuta o Melilla —sugirió Jack—, y allí tomen otro barco.

—No lo creo —opinó Alex—. Es un viaje largo y caluroso, y ya sabes que el hongo necesita conservarse frío. No se arriesgarían.

—March es rico —les recordó Marco—. Seguro que tiene un barco propio.

Los cuatro miraron al chétnik, algo sorprendidos de que se le hubiera ocurrido esa posibilidad a él antes que a nadie.

—Tiene razón —admitió Riley—. Es la única posibilidad.

—¿Y qué vamos a hacer ahora? —inquirió su segundo, frunciendo el ceño—. Colarse en un barco de pasajeros es una cosa, pero si se trata de uno privado de March, no habrá manera de acercarse en altamar sin que nos vean. Saben perfectamente quiénes somos.

—Pues entonces tendremos que colarnos antes de que partan.

—Ya, pero ¿cómo?

El capitán del Pingarrón se concentró durante un momento en la línea de ventanas del piso superior del hotel, y cuando parecía que ya se había olvidado de la pregunta, respondió:

—No lo sé, pero eso va a ser cosa vuestra.

Continuaba con la vista puesta en la única ventana que permanecía iluminada cuando César inquirió:

—¿Qué quieres decir?

—Que tendréis que encontrar ese barco de March y sabotearlo de algún modo —aclaró dirigiendo la mirada por fin hacia sus tripulantes— para que se vean obligados a pasar más tiempo en Orán o regresar a España en una nave de pasajeros.

—¿Y tú? —preguntó Jack, intuyendo ya la respuesta—. ¿Qué vas a hacer mientras tanto?

Alex sonrió ladino, lanzando un vistazo hacia el hotel.

—Yo voy a comprobar si es cierto lo que dicen de las pelirrojas.

14

Los nudillos de Riley repiquetearon en la puerta 501, lo bastante fuerte como para despertar al inquilino de la habitación pero sin llamar la atención de los demás huéspedes de la planta.

Riley se ajustó el cuello de la camisa, se pasó la mano por el pelo en un vano intento de peinarse, respiró profundamente e intentó recordar si se había lavado los dientes, mientras adoptaba una pose pretendidamente seductora apoyándose en el marco de la puerta.

Pero esta no se abrió.

Alex contó mentalmente hasta sesenta y volvió a llamar con algo más de energía.

Nada.

Esta vez interrumpió la cuenta al llegar a treinta, y mirando a lado y lado del pasillo se preguntó si Aziz no se habría equivocado de planta o, aún peor, de número de habitación. Le había asegurado que la mujer pelirroja había tomado la *suite* 501 para ella sola, pero si era la mitad de paranoica de lo que aparentaba, bien podría haber intercambiado la habitación con alguno de sus matones en el último momento. Por un instante, Alex imaginó que se abría la puerta y aparecía un fulano armado, en paños menores y pinta de estibador. En ese caso, a ver cómo le explicaba qué hacía ahí sin que lo descerrajara de un tiro.

Se giró para observar la última puerta al final del pasillo, razonando que si él fuera un chiflado paranoico, esa sería la que habría escogido, cuando un clic sonó a su espalda. Al volverse de nuevo se encontró frente al agujero del cañón de una Beretta de nueve milímetros.

—¿Qué hace aquí? —preguntó una voz de mujer desde la oscuridad de la puerta entreabierta.

Alex resistió el impulso de poner las manos en alto y, tratando de recuperar el aire seductor sin demasiado éxito, miró hacia el lugar donde intuía que estaban los ojos de la dueña de la pistola.

—Hola, Noemí.

En respuesta a su saludo, el martillo del percutor hizo clic.

—Creí que te gustaría verme antes de irte —continuó Riley, atreviéndose a tutearla.

—Creyó mal. ¿Cómo sabía dónde...? —se interrumpió—. En fin, qué más da. Lárguese por donde ha venido.

La confianza de Riley comenzó a resquebrajarse, pero ya que estaba allí, valía la pena insistir.

—Me he dado cuenta de cómo me mirabas —afirmó con aplomo—. Puedo darme la vuelta e irme... pero ambos nos quedaríamos con la duda de cómo podría haber sido.

—Sobreviviré —replicó mordaz desde las sombras.

—Quizá —convino Alex—. Pero yo no.

Con un gesto deliberadamente lento, empujó la puerta con una mano mientras con la otra apartaba la pistola hacia abajo.

Noemí dio un paso atrás. Acostumbrándose a la oscuridad, Riley vislumbró ahora su melena roja cayéndole desordenadamente sobre los hombros, un camisón de seda negro que subrayaba su piel blanca y unos ojos de acero que destellaban con una mezcla de curiosidad y excitación.

Riley avanzó dos pasos hasta que los separaron solo unos centímetros. Se fijaron las miradas. Un lejano aroma a almizcle emanaba de la piel de ella. A pesar de sostener todavía la pistola, en aquel momento a Riley se le antojó frágil y vulnerable.

Sin decir una palabra, Riley posó su mano derecha sobre el hombro izquierdo de Noemí y, con un gesto suave, deslizó el tirante de su camisón que le quedó a un lado del brazo, dejando a la vista parte de un pecho, justo por encima de la areola.

Noemí no movió un músculo cuando Alex hizo lo mismo con el tirante del otro hombro y el camisón resbaló sobre su piel desnuda hasta caer al suelo, ni cuando la estrechó entre sus brazos y la besó.

Luego sus labios resbalaron por su mandíbula hasta alcanzar el cuello, y mientras con una mano le apartaba la cabellera rojiza con la otra la hacía rotar hasta quedar de espaldas. Entonces comenzó a mordisquearla en la nuca, el cuello y los hombros, y sus fuertes manos recorrieron primero sus brazos para seguidamente rodearla y llegar hasta sus pechos, tomándolos entre sus dedos, estrechándolos con fuerza y jugando con los pezones hasta arrancarle un gemido de placer.

Desde ahí, las manos de Riley recorrieron el torso y el vientre de Noemí, tomándola por las caderas mientras la atraía hacia sí, sin dejar de jugar con su cuello y sus pequeñas orejas sonrosadas.

Entonces y mientras con la mano derecha la atraía hacia él, la izquierda descendió hasta el pubis, recreándose primero en la pequeña mata de pelo rizado que lo cubría y luego yendo más allá, acariciando con el índice su sexo, muy suavemente primero y aumentando poco a poco la presión mientras realizaba precisos movimientos circulares.

Noemí gimió de nuevo cuando el dedo de Riley se abrió paso por su sexo húmedo, adentrándose lentamente dentro de ella y haciéndola estremecerse de placer.

—Te deseo —susurró Alex en su oído, y alzándola en vilo la llevó a pulso hasta la cama.

A aquella sensualidad inicial, le siguió un apremio casi urgente por tocar, besar y lamer hasta el último milímetro de sus cuerpos y, con entusiasmo explorador, aventurarse a descubrir los rincones más ocultos donde pudiera ocultarse el placer propio o ajeno. Durante varias horas se dejaron arrastrar por un deseo desenfrenado y sin prejuicios, buscando ansiosamente saciar el hambre por el otro hasta que, agotados, no tuvieron más remedio que detenerse para retomar el aliento, derrumbándose exhaustos sobre un alboroto de almohadas y sábanas desordenadas.

Boca arriba y aún con la respiración entrecortada, Alex contempló con la vista perdida los motivos árabes dibujados en el techo de la *suite* rodeando una elegante lámpara de araña.

Acostada a su lado, jadeante y sudorosa, Noemí miró el perfil de Riley mientras se mordía el labio, como si anticipara lo que vendría a continuación.

—¿Por qué has venido?

Alex la miró con un aire de sorpresa.

—¿Esto no te parece... —contestó, apoyando una mano en la cadera de ella— razón suficiente?

—¿Por qué has venido —repitió y añadió—: realmente?

—¿Acaso importa?

Con un movimiento inesperado, Noemí rotó sobre sí misma y, antes de que Alex se diera cuenta, estaba sentada a horcajadas sobre su vientre. En su mano derecha había aparecido una navaja de barbero que apoyó contra la garganta del capitán.

Riley sintió como el filo de la navaja se deslizaba por su piel y un hilillo de sangre caliente le resbalaba por el cuello.

—¿Sabías que las mantis religiosas —preguntó ella sin dejar de presionar con la navaja— decapitan al macho después del apareamiento?

Alex quiso tragar saliva, pero el frío acero se apoyaba justo en su nuez.

—No te hacía religiosa —replicó en un susurro.

Noemí sonrió, como debían de sonreír las mantis a las que se refería justo antes de matar a su pareja.

La mirada de Alex transitó desde sus labios rojos y sensuales a la curva de su cuello, a los dos pechos pequeños y firmes coronados de pezones sonrosados y hasta la pequeña mata de pelo del pubis, tan pelirrojo como su melena.

Inevitablemente y a pesar de la amenaza de degollación, Riley sintió una renovada excitación y una erección imparable que ni pudo ni quiso evitar.

Noemí la notó también y con divertida sorpresa tanteó el miembro que crecía bajo ella.

—Quieres morir matando, ¿eh?

Riley esquinó una sonrisa.

—No imagino manera mejor.

La mujer se lo pensó un instante y miró a su alrededor como si buscara algo. Apartó unos centímetros la navaja, estiró un brazo y agarró el mismo bolso que Riley le había visto llevar unas horas antes. Introdujo una mano en él y, como si se tratara de un truco de magia, sacó unas esposas y las balanceó frente a su cara.

—Si quieres jugar —dijo con los ojos entrecerrados y la voz ronca de excitación— lo haremos a mi manera.

Cuando Alex Riley abrió de nuevo los ojos, aquella última frase de Noemí justo antes de que empezara a hacer las cosas «a su manera» fue lo primero que le vino a la mente.

Desde que le pusiera las esposas, la noche había tomado un cariz retorcido, desbocado, terrorífico en ocasiones. Darle el control absoluto a esa mujer había sido una de las ideas más estúpidas que había tenido en su vida, y convertirse en poco más que un juguete sexual en sus ávidas manos era una experiencia que no pensaba volver a repetir. Estar a merced de una sádica que se excitaba administrándole pequeños cortes de navaja en el cuerpo mientras la penetraba y que le pasaba la mano por las heridas para chuparse los dedos impregnados de sangre había sido, definitivamente, una aventura demasiado extrema para él.

Tenía que reconocer que había sido excitante e intensa, pero eso no compensaba los momentos de puro terror, cuando ella amagaba con cercenarle el cuello o —aún peor— los genitales.

Afortunadamente, cuando se cansó de jugar a su manera, liberó a Riley de las esposas y siguieron exprimiéndose el uno a la otra de modo más tradicional, hasta que cayeron definitivamente exhaustos al filo de la madrugada.

De nuevo despierto y con las primeras luces del alba arrancando sombras en la habitación, Alex vio a su derecha el cuerpo inerte y desmadejado de Noemí, cuyas fuerzas habían parecido inagotables. Ni con Carmen Debagh, la hermosa tangerina con la que cada acto sexual resultaba memorable, había llegado a tales límites físicos. Si hacer el amor con ella era un acto sublime, casi trascendental, el sexo con la pelirroja había sido como sufrir un accidente de tráfico. A pesar de todo, tuvo que admitir para sí mismo que por momentos lo había disfrutado. Y mucho.

Con sumo cuidado, Riley apartó las suaves sábanas blancas salpicadas de sangre y lentamente se deslizó hacia el borde de la cama hasta levantarse sin hacer ruido.

Cuando sus pies descalzos hicieron firme en la alfombra persa que cubría el suelo de baldosas, se giró para comprobar que Noemí seguía respirando profundamente, con la cabeza hundida en la almohada. Se tomó un segundo de más para contemplar la belleza de su tersa espalda salpicada de pecas, parcialmente oculta por aquella desordenada melena rojiza y que terminaba en unas nalgas tan redondas y apetitosas que Riley deseó morderlas de nuevo como si fueran manzanas.

Entonces recordó la verdadera razón por la que estaba allí y, sacudiendo la cabeza para alejar la inoportuna erección que empezaba a despuntar, se obligó a desviar la vista del cuerpo de la mujer. Se dirigió al centro de la habitación y miró a su alrededor en busca de algún indicio sobre el lugar donde podría estar la probeta de Rieux.

En una esquina del dormitorio, al pie de un espejo de cuerpo entero, estaba el equipaje de Noemí. Se aproximó cautelosamente y levantó la maleta, para descubrir que estaba vacía; su ropa debía de estar en el armario. Se acercó hasta él, tomó el pomo y tiró de él muy despacio, pero no pudo evitar que se escapara un leve quejido de la bisagra que, en el silencio de la mañana, sonó como si le hubiera pisado la cola a un gato.

—Mierda —musitó cerrando los ojos.

Se quedó completamente quieto, aguantando la respiración y contando mentalmente hasta diez, pero por fortuna no pareció haber ninguna reacción a su espalda.

Resopló aliviado y, aún con más cuidado que antes, terminó de abrir el armario, sorprendiéndose de la pulcritud y el orden con que estaba colgada y doblada la ropa, pero aparte del vestuario y zapatos ahí no había nada más. Cerró la puerta cuidadosamente, rezando para que esta vez no crujiera, y se dispuso a examinar el resto de la estancia.

La cómoda resultaba prometedora, pero abrir uno a uno aquellos grandes cajones sin hacer ruido se le antojó una tarea casi imposible, así que decidió dejarlos para el final.

A primera vista, en aquella habitación no había muchos más lugares donde esconder la caja metálica con el vial, así que se dirigió al baño con la idea de registrarlo y, de paso, aliviar la vejiga.

Cerró la puerta tras de sí para ahogar el ruido, levantó la tapa del retrete y, con los pies plantados sobre el frío gres del baño, orinó procurando que el chorro no tocara el agua del fondo. Cuando terminó, se volvió hacia el espejo. Aun con la poca luz que entraba por el ventanuco del baño, vio frente a él a un hombre con profundas ojeras, pelo revuelto, una cicatriz que le cruzaba la mejilla izquierda y una decena de pequeños cortes tatuándole el torso.

—Joder, necesito unas vacaciones —se dijo meneando la cabeza ante el espejo.

Registrar el baño le llevó aún menos tiempo que la habitación, y en cuanto comprobó que allí tampoco estaba lo que buscaba, salió y se dirigió al salón que completaba el espacio de la lujosa *suite*.

Solo entonces las conexiones neuronales de Riley dieron señales de vida y recordó que la probeta con el hongo que contenía debía mantenerse en un lugar frío. Así que se paseó por el salón buscando una cubitera como la que él había usado, pero sin resultado alguno. Comenzó a temer que, contra toda lógica, Noemí hubiera guardado la mercancía en otro lugar, quizá en la habitación de alguno de los matones que la acompañaban. Si era así, ya podía darlo todo por perdido.

Mientras esa inquietante posibilidad se abría paso en su cabeza, su vista se había quedado prendada de un pequeño armario de madera aparentemente idéntico a los otros del salón, pero del que percibió que se escapaba un sordo ronroneo.

Se aproximó a él con extrañeza, se agachó y abrió la portezuela de madera, descubriendo una segunda puerta algo más pequeña y metálica con la palabra NORGE grabada. En ese instante, comprendió que a diferencia de la habitación que él había ocupado, las *suites* de lujo disponían de su propia nevera.

Cruzando los dedos mentalmente, agarró el tirador y la abrió de golpe, con un leve plop de las bandas de caucho al separarse. Una luz brilló de improviso en el interior, cegándolo momentáneamente, pero en cuanto se habituó comprobó que la nevera también estaba vacía.

Con un bufido de frustración la cerró de nuevo, descorazonado por la ahora casi certeza de que, si no estaba en la nevera, era porque el vial no debía de estar en aquella habitación.

Resignado, giró sobre sí para echar un último vistazo a la estancia, pero se detuvo cuando sus ojos se posaron en la puerta abierta que daba al dormitorio.

Allí, apoyada en el marco, completamente desnuda, Noemí lo miraba con una expresión entre divertida e indolente. Apuntándolo por segunda vez en aquella noche con la Beretta, preguntó:

—¿Se te ha perdido algo?

15

En esta ocasión, Riley tampoco levantó las manos, consciente de lo absurdo que sería hacerlo estando desnudo. Ni Noemí se lo pidió.

—¿Realmente pensabas que era tan tonta? —preguntó meneando la cabeza—. Joder, casi me siento insultada.

Alex se encogió de hombros.

—Tenía que intentarlo.

—¿Esa es tu defensa? ¿Que tenías que intentarlo? —Chasqueó la lengua con desaprobación—. Te creía más listo, capitán.

—Es un error bastante común.

Ella exhaló con cansancio, y ese gesto la hizo parecer mucho mayor de lo que era.

—¿Y ahora, qué voy a hacer contigo?

—¿Te refieres entre dejar que me vaya o echar antes un último polvo?

Noemí esbozó una sonrisa triste.

—Más bien, entre matarte ahora o llevarte con March y que él decida qué hacer contigo.

—Si puedo opinar, preferiría lo segundo.

La mujer negó con la cabeza, como si Riley hubiera fallado la pregunta más fácil del examen.

—Te equivocas si crees que así te vas a librar. Si te mato aquí y ahora de un tiro, te dolerá solo un momento y en un minuto estarás muerto. Pero si te llevo con March... —bufó para subrayarlo— querrá dar ejemplo, para que a nadie más se le ocurra robarle, y te aseguro que será mucho peor y más doloroso. Tiene gente a sueldo, capaz de hacer que una agonía dure semanas. Los he visto trabajar —hizo una mueca de asco—, e incluso a mí me parecieron demasiado crueles.

Alex tragó saliva mientras asimilaba la perspectiva de ser torturado hasta la muerte.

En otras circunstancias, quizá habría aceptado la sugerencia de Noemí y así se habría marchado al otro barrio después de una buena noche de sexo, en lugar de acabar en un sótano atado de pies y manos mientras lo hacían pedacitos. Pero ahí fuera estaba su tripulación, y si habían hecho bien su trabajo saboteando la nave en la que pretendían partir ella y sus hombres, se verían forzados a quedarse varios días en Orán, lo que quizá le daría alguna oportunidad de salir razonablemente bien de aquella situación.

—A lo mejor puedo convencer a March de que valgo más vivo que muerto.

Noemí sonrió sin poder ocultar su diversión.

—Claro que sí. Y también de que te compre un barco nuevo.

—Eso sería todo un detalle.

La mujer puso los ojos en blanco, y con la pistola le hizo un gesto para que la siguiera.

Riley obedeció, entrando de nuevo en la habitación, donde ella le señaló el cabecero de la cama en el que aún colgaban las esposas.

—Póntelas por la espalda —le indicó sin dejar de apuntarlo—, y luego túmbate boca abajo en el suelo.

—¿Boca abajo? —preguntó Alex tomando las esposas—. ¿Estás segura?

—Boca abajo, Casanova —confirmó—. Que tampoco eres para tanto.

—Vaya, eso ha dolido.

—Mejor, así te vas acostumbrando. Y ahora, túmbate —le ordenó cuando el capitán ya se había colocado las esposas.

Sin ver otro remedio, Alex se dejó caer sobre la alfombra, de nuevo a merced de ella. Las fibras de lana le irritaban la piel y, con la mejilla sobre la alfombra, desnudo y con las manos a la espalda, se sintió más vulnerable de lo que se había sentido jamás.

—Si no vamos a volver a follar —dijo con la voz forzada por la incómoda postura—, quizá me debería haber puesto antes los pantalones.

—Calla —le ordenó en un susurro.

Entonces, en un inesperado gesto, Noemí se recostó sobre él rodeándolo con los brazos, apoyando una mejilla en el hueco de su nuca.

No hizo nada más. Solo se quedó allí, quieta, frágil, en silencio, abrazándolo desesperadamente, como una niña que hubiera encontrado a su padre en mitad del bosque.

Y cuando Alex pensó que esa situación no podía ser más desconcertante, sintió junto a su oído el rumor ahogado de un sollozo y la cálida humedad de unas lágrimas resbalando lentamente por su espalda.

El reloj de pared situado sobre el mostrador de recepción del hotel señalaba las nueve de la mañana cuando las puertas del ascensor se abrieron en la planta baja y asomaron dos hombres vestidos con trajes de corte europeo, aunque algo pasados de moda. Llevaban amplias gabardinas grises a pesar de que ya era junio y gafas de sol a pesar de estar en el interior de un edificio. Lanzaron miradas de escrutinio a los pocos clientes que había en ese momento en el vestíbulo del hotel, y cuando se sintieron satisfechos, salieron del ascensor y se apostaron uno a cada lado.

Tras ellos apareció Noemí, elegante y atractiva con su llamativa melena pelirroja, vestida con un sobrio traje chaqueta gris, portando un bolso de mano colgado del hombro y un maletín de aspecto metálico esposado a su muñeca derecha.

Junto a ella, Alex Riley, alto, moreno, de ojos trigueños y con aspecto de no haber dormido en varios días, miró disimuladamente a su alrededor en cuanto se cerraron las puertas del ascensor a su espalda. Llevaba las manos juntas por delante, de forma antinatural, como si estuviera rezando mientras caminaba, cubiertas con su propia chaqueta para ocultar las esposas que lo maniataban.

—¿Buscando a tus amigos? —le preguntó ella, con la mano libre hundida en el bolsillo de la chaqueta, donde Riley sabía que guardaba la Beretta lista para disparar a la menor excusa.

—¿Eh? No, qué va —respondió con despreocupación teatral—. Estaba buscando el restaurante. Me han dicho que el desayuno de aquí es de primera.

Noemí lo miró con cara de no creerse una palabra, pero aun así contestó:

—No hay tiempo para desayunos. —Hizo un gesto hacia la puerta con la barbilla y añadió—: Vamos, nos están esperando.

Los dos matones que los precedían cruzaron el vestíbulo a paso rápido. Uno se plantó en el centro con aire vigilante y el otro se colocó junto a la puerta doble de la entrada. Noemí y Riley siguieron sus pasos. Cuando llegaron a la entrada, el botones abrió la puerta con diligencia para dejarlos pasar.

Ella no dedicó ni un vistazo al joven magrebí con el uniforme del hotel, pero Alex sí lo reconoció y, cuando al pasar junto a él sintió que le rozaba el pantalón de forma aparentemente accidental, supo que le había dejado algo en el bolsillo.

Por temor a que Noemí o sus hombres se dieran cuenta, Riley no hizo el menor gesto de reconocimiento hacia Aziz ni se llevó las manos al bolsillo, reprimiendo las ganas.

Al salir al exterior, descubrió que dos vehículos los esperaban ya con los motores en marcha, mientras otro guardaespaldas montaba guardia. Pensó que si en lugar de un hotel hubiera sido un banco, habría parecido un atraco de manual.

En cuanto llegaron al segundo coche, un anticuado pero imponente Lancia Asture de 1932, el guardaespaldas abrió la

123

portezuela y Noemí le indicó que pasara en primer lugar. En su amplio interior de asientos opuestos se acomodaron uno al lado de la otra, mientras que enfrente se sentaron los dos matones. Alex comprendió que no iba a ser fácil comprobar lo que Aziz le había metido en el bolsillo, aunque estaba convencido de que era una nota de parte de sus amigos. Se preguntó si serían instrucciones sobre lo que debía hacer, una advertencia de que algo iba mal o la factura del hotel del último día.

Los dos vehículos arrancaron de inmediato, y Riley no pudo evitar un vistazo al exterior con la esperanza de ver a Jack escondido tras una palmera y con el pulgar levantado para asegurarle que todo iba bien.

Pero allí no había nadie más que unos barrenderos flacos y apáticos, apoyados en sus escobas, entretenidos momentáneamente ante la partida de la pequeña comitiva, que de inmediato tomó el Boulevard Joffre hacia el sur, justo en dirección contraria a la que se suponía que debían ir.

Riley dejó transcurrir un par de minutos, a la espera de que en cualquier momento dieran media vuelta, pero no sucedió. Giró la cabeza para comprobar cómo la franja azul del mar Mediterráneo se alejaba cada vez más.

La sonrisa taimada en el rostro de Noemí le comunicó todo lo que necesitaba saber. Aun así, dijo:

—No vamos al puerto.

—No, no vamos al puerto —confirmó ella con una sonrisa satisfecha.

Un estremecimiento recorrió la espalda de Riley cuando comprendió que se desmoronaba su plan de huida. Quizá Noemí había decidido continuar por tierra después de que la tripulación del Pingarrón saboteara su barco. Pero ¿hasta dónde? Alex calculó lo que tardarían en llegar a Melilla, la plaza española más cercana en el norte de África a casi quinientos kilómetros de distancia por carreteras infernales y bajo un sol abrasador. Era una locura.

Se dio cuenta de que Noemí lo miraba sin disimulo, como a la espera de sus reacciones según él iba sacando conclusiones. Le recordó a una gata, observando a un ratón mientras decide cómo zampárselo.

—Te estás preguntando —adivinó ella— si soy tan estúpida como para ir por tierra hasta Argel o Melilla, ¿no es así?

—En realidad, me estaba preguntando si podrías dejarme en una parada de autobús y seguir tú sola con tus amigos. —Le dirigió un vistazo al fulano con cara de boxeador que tenía sentado enfrente—. No me apetece demasiado estar doce horas aquí metido. Ya empieza a oler a tigre.

Una sonrisa aleteó en los labios de Noemí, al tiempo que le acariciaba una mejilla con el dorso de la mano.

—Te voy a echar de menos, capitán —musitó con cariño.

A Riley le sonó a despedida. Resopló por la nariz, tratando de encajar los recuerdos de la noche anterior con esa mujer que lo condenaba a muerte.

—No me vas a decir a dónde vamos —apuntó en cambio, observando cómo el vehículo giraba a la izquierda, hacia la carretera de la costa.

—¿Qué más te da?

—Siento curiosidad.

Ella lo ignoró, devolviendo su atención al paisaje al otro lado de la ventanilla, donde la ciudad iba diluyéndose y daba paso a un paisaje seco y pedregoso.

—Hagamos un trato.

—¿Qué clase de trato? —preguntó Riley intrigado.

—Uno en que yo te digo a dónde vamos y a cambio tú me dices qué hay en esa nota que el botones te ha metido en el bolsillo.

Riley abrió la boca para negarlo, pero todo se quedó en un vacío ademán.

—No he podido leerla —confesó finalmente.

Noemí levantó la barbilla y alzó las cejas.

—¿Pues a qué esperas? No me tengas en vilo.

Riley inclinó el cuerpo hacia la izquierda para acceder al bolsillo de la derecha con las manos esposadas. El matón sentado enfrente, el de la cara de boxeador, se llevó la mano discretamente a la pistolera que llevaba bajo la americana y, estirando una mueca que en otro tiempo debió de ser una sonrisa, dejó a la vista una dentadura con incisivos de plata.

Alex estuvo tentado de hacer un comentario gracioso sobre la cubertería de su abuela, pero en esos momentos no estaba el horno para bollos.

Extrajo la nota lentamente y, cuando el matón hizo ademán de quitársela, se la llevó a la boca y empezó a masticarla con urgencia antes de tragársela sonoramente.

Noemí no pudo reprimir una carcajada.

—¡Jajaja! ¡Muy buena! —le reconoció entre risas, sin que pareciera importarle en lo más mínimo lo que acababa de hacer—. Eso sí que no me lo esperaba.

Riley se pasó la mano por los labios.

—Ya te dije que tenía hambre.

—Es verdad. Debimos parar antes a desayunar.

—Culpa tuya. Así que tienes que decirme a dónde vamos.

Aún con la sonrisa en los labios, Noemí echó un vistazo por la ventanilla y contestó:

—No hace falta. Ya casi hemos llegado.

Alex también miró por la ventana y enseguida distinguió una raída bandera francesa ondeando en un mástil, junto a un gran cartel de madera dando la bienvenida.

Se le cayó el alma a los pies cuando justo debajo leyó: «*Aérodrome d'Oran*».

16

Los dos vehículos pasaron junto a una garita vacía en la que en algún momento años atrás, cuando todavía se trataba del aeródromo principal de la ciudad, debió de haber algún guardia controlando la entrada al recinto. Riley observó la pista de aterrizaje de tierra compactada de algo más de un kilómetro de largo, orientada de sur a norte y que terminaba abruptamente en un acantilado frente al mar.

Atravesando la pista se dirigieron en línea recta hacia el conjunto de edificaciones del aeródromo, compuesto por un pequeño parque de bomberos aparentemente abandonado, un par de hangares en los que dormitaban sendos aeroplanos con aspecto de no volver a despegar jamás y la antigua terminal de llegadas, con aires de estación ferroviaria, de cuyo techo se elevaba una antena torcida y en cuya deslucida fachada de ventanas rotas, aún se podía leer el *Bienvenue à Oran* en grandes letras rojas y verdes.

Los dos vehículos se detuvieron entre una nube de polvo frente a la melancólica terminal de paredes desconchadas. La puerta del que ocupaba Riley se abrió por su lado, y el boxeador le hizo un gesto con la cabeza.

—Abajo —gruñó con voz pedregosa.

Alex obedeció sin ofrecer resistencia. Sintió el calor del sol sobre su piel, la arena del desierto arrastrada por el viento y la sal del mar impregnando cada bocanada de aire, pero su mente bullía en busca de una salida, una escapatoria a aquella situación en la que se había metido estúpida y voluntariamente. No era la primera vez que se creía más listo de lo que era en realidad, pero todo apuntaba a que sería la última.

Noemí rodeó el auto y se situó a su lado.

—Paseemos mientras no llega el avión —le dijo tomándolo del brazo y poniéndose a caminar.

—Como los condenados a muerte —contestó Alex, esforzándose sin éxito por aparentar despreocupación—. Muy oportuno.

Noemí chasqueó la lengua.

—Oh, por favor. No seas tan melodramático.

—Discúlpame. No pretendía fastidiarte el momento con mis pequeños problemas.

—Así está mejor. El sarcasmo es mucho más divertido.

—Pues yo no me estoy riendo.

—Eso es porque no lo ves desde mi perspectiva.

—¿La perspectiva de una asesina pervertida?

—Anoche no te quejaste de mis perversiones —le recordó, arrimándose al capitán como si fueran una pareja de enamorados.

Riley decidió no ofrecer una respuesta sincera.

—Quería ver hasta dónde podías llegar.

—No es verdad —replicó ella—. Querías ver hasta dónde eras capaz de llegar tú.

Después de una pausa, Alex admitió:

—Quizá tengas razón.

—¿Y lo descubriste? ¿Hasta dónde podías llegar?

Riley ahogó una risa.

—¿No es evidente? —Resopló desabrido, mirando a su alrededor.

Ella echó también un vistazo a la tierra yerma que los rodeaba.

—No tenía por qué haber sido así —dijo con un tono más lúgubre—. Sabías a lo que te arriesgabas.

—Eso me hace sentir todavía más estúpido.

—No te culpes. No eres el primero que muere por mí.

Alex la miró de reojo.

—Y tú no te vengas tan arriba —replicó desdeñoso—. Sabes que lo que quería era la probeta.

Noemí asintió comprensiva.

—Lo sé. Pero no entiendo por qué has arriesgado tanto para conseguirla. Sobre todo teniendo en cuenta que la tuviste desde el principio.

El capitán se encogió de hombros y aclaró:

—No quería que March creyera que había intentado engañarlo. Ni que entregara la probeta a los nazis.

—Así que es eso... —respondió ella incrédula tras asimilar sus palabras, deteniéndose en seco para mirarlo de frente—. No fue por dinero, sino por principios.

Alex torció el gesto.

—Siento decepcionarte.

—Pues sí que eres estúpido. Los principios no valen una vida, y menos la propia.

—Si los nazis ganan la guerra, ya no será una cuestión de principios, sino de supervivencia. Para ellos el resto del mundo solo se divide entre esclavos y cadáveres.

Noemí hizo un ademán con la mano, restándole importancia.

—Eso no lo sabes. Y en cualquier caso —frunció la nariz graciosamente—, tampoco vas a vivir para verlo.

Echó un vistazo a su espalda y comprobó que, aunque se habían alejado un centenar de metros del edificio de la terminal, uno de los guardaespaldas los seguía a distancia de tiro. Cualquier intento de salir corriendo o agarrar el maletín que seguía encadenado a la muñeca de Noemí habría terminado con su sangre formando un charco sobre la pista de aterrizaje.

Ella comprendió lo que estaba pasando por la cabeza de Alex y, dando un paso atrás y llevándose la mano ala pequeña maleta, dijo:

—Mi oferta sigue en pie. Me caes bien a pesar de todo, y preferiría saber que te ahorrarás el dolor que te espera en España. —Hizo una pausa y añadió contrariada—: No quiero sentirme culpable.

—Eso sería terrible.

—Venga ya, que lo hago por tu bien. No me jodas.

Una ceja socarrona se alzó en el rostro de Riley.

—Me parece que ya es un poco tarde para eso, ¿no te parece?

Noemí cabeceó lentamente, como si no diera crédito a tanta estupidez.

—¿Aún crees que tus amigos van a venir a salvarte? —preguntó levantando la vista.

Alex miró en dirección a la entrada del recinto, pero allí no había nada ni nadie.

—No —admitió—. La verdad es que no. Pero tampoco tengo ganas de que me pegues un tiro.

—Te prometo que será rápido —argumentó ella sacando la Beretta del bolsillo y apuntándole a la cabeza—. Estarás muerto antes de tocar el suelo.

—Muy tentador —replicó Riley temiendo que decidiera apretar el gatillo de cualquier modo—, pero soy muy supersticioso respecto a que me disparen en la cabeza.

Noemí dudó durante unos segundos; finalmente y a contra corazón, guardó de nuevo la pistola.

—En fin… Tú sabrás lo que haces —murmuró—. Yo ya he hecho todo lo que estaba en mi mano.

—Eres un trozo de pan.

Ignorando la pulla, Noemí lo miró como a un perro enfermo al que hay que sacrificar. Entonces se puso de puntillas y lo besó en los labios. Un beso largo y sentido. Un beso de despedida.

—Aunque no lo creas —musitó a su oído en un tono apenas audible—, lo siento de veras.

Dio un paso atrás, poniendo entre ambos una distancia definitiva. Era su forma de expresar que ya nunca volverían a tocarse.

—Vamos —añadió—. Ya es la hora.

—¿La hora?

Ella volvió a escudriñar el cielo y se detuvo en un punto invisible por encima de la cadena montañosa que se extendía hacia el sur.

Y entonces lo oyó.

El motor de un avión.

El biplano de Havilland D.H.89 Dragon Rapide se aproximó a la cabecera de la pista a poco más de ochenta kilómetros por hora, aprovechando el viento del norte proveniente del mar.

En pocos minutos, el pequeño avión de pasajeros tocó tierra entre una nube de polvo y rodó por la pista a lo largo de un centenar de metros antes de dar la vuelta y dirigirse perezosamente hacia la terminal donde lo esperaban.

El sordo traqueteo de los dos motores en línea se redujo al detenerse el avión justo frente a ellos, pero las hélices continuaron girando incluso cuando se abrió la portezuela y apareció un teniente joven y apuesto con uniforme del Ejército del Aire español.

Sin descender del aparato, el militar pronunció unas palabras que no se oyeron a causa del estrépito de los motores y finalmente les indicó con un gesto que subieran a bordo.

Noemí fue la primera en subir. Riley se resistió, pero de inmediato sintió el familiar y poco agradable contacto de un cañón de pistola en su espalda, conminándole a ponerse en marcha. Los tres matones, ayudados por los chóferes, hicieron varios viajes para llevar el equipaje de los coches al avión. En cuanto terminaron, los dos vehículos volvieron a atravesar la pista en dirección a la salida, de vuelta a Orán.

Riley accedió al interior del avión y se sorprendió de la estrechez del espacio, con dos filas paralelas de asientos para ocho pasajeros y un exiguo pasillo en medio que terminaba frente a la cabina del piloto.

El esbirro de los dientes de plata le indicó que ocupara el último asiento de cola, justo delante del equipaje amontonado; él se sentó en el de al lado.

—Buenos días a todos —dijo el piloto, hablando en voz alta pero con los ojos puestos en Noemí, cuya cabellera rojiza destacaba en la primera fila de asientos—. Partiremos de inmediato con destino a Cartagena, donde calculo que llegaremos en poco más de una hora y, tras una breve escala técnica para repostar, volveremos a despegar para llegar al aeródromo de Palma de Mallorca antes del mediodía. La previsión meteorológica es buena, de modo que será un viaje tranquilo. Así que relájense —sonrió seductoramente hacia Noemí— y disfruten de las vistas.

Dicho esto, el teniente regresó a su puesto y empujó la palanca de potencia. El Dragon Rapide empezó a desplazarse por la pista.

Riley no sabía demasiado de aviones, pero cuando vio que se dirigían hacia el extremo más alejado de la pista, el mismo en el que había tocado tierra minutos antes, supuso que era para aprovechar toda su longitud y despegar contra el viento que soplaba en ese momento proveniente del mar.

La pequeña aeronave rodó parsimoniosamente durante casi cinco minutos hasta alcanzar el final de la pista, en la falda de una suave colina, y allí se dio la vuelta para encarar el viento.

Y justo en el momento en que giraban y la ventanilla de Riley quedaba alineada con la entrada del aeródromo, su corazón dio un vuelco al descubrir cómo un enorme Mercedes 770K descapotable de color negro atravesaba a toda velocidad la entrada del recinto, envuelto en una dramática nube de polvo.

17

El Dragon Rapide embocó la pista listo para despegar, con los motores a máxima potencia pero sin avanzar un metro.

—¡Despegue ya! —exclamó Noemí desde su asiento en primera fila.

—Alguien viene por la pista —advirtió el piloto, señalando el vehículo que se acercaba a toda velocidad, aparentemente conducido por un demente.

—Ya lo veo. Por eso mismo tiene que despegar enseguida.

—No puedo. Sería peligroso.

—Claro que puede —replicó ella—. Le ordeno que despegue.

—Soy un oficial del Ejército del Aire, señora. Usted no puede ordenarme...

Mientras el piloto hablaba, la aludida metió la mano en su bolso, sacó su Beretta y apuntó con ella a la cabeza del militar.

—¿Sería tan amable de despegar,... —le dedicó una sonrisa gélida— teniente?

Desde su asiento en la última fila, Alex vio cómo le cambiaba la expresión al piloto, justo antes de devolver su atención a los mandos y empujar la palanca de gases del aeroplano.

Lentamente al principio pero acelerando con rapidez, el avión avanzó, traqueteando debido al mal estado de la pista de tierra.

Riley miró de nuevo por la ventanilla y vio que el Mercedes se había acercado lo suficiente como para distinguir a Jack Alcántara manejando el volante frenéticamente y a Marco Marovic en el asiento contiguo, con cara de estar disfrutando. En los asientos de atrás, la tez oscura de uno de los ocupantes y la larga cabellera negra de la otra delataban claramente a César y Julie.

En el rostro de Alex se dibujó una sonrisa de preocupación y orgullo al mismo tiempo.

El descomunal vehículo se había situado a menos de veinte metros de la cola del avión, pero pronto los dos motores gemelos de seis cilindros y doscientos dos caballos del biplano cobraron ventaja sobre el motor de ocho cilindros y doscientos caballos del Mercedes.

Al constatar que no iban a dar alcance al avión, Marco se puso en pie sosteniendo en las manos su subfusil Thomson y, sin dudarlo un instante, comenzó a disparar.

—¡Nos están disparando! —alertó uno de los matones, señalando por la ventanilla—. ¡Están disparando a los motores!

—¡Pues devolvedles los disparos, idiotas! —ladró Noemí con el rostro encendido.

Dándose por aludido, el bruto que vigilaba a Riley desenfundó un Smith & Wesson del calibre 44, abrió la portezuela del avión y apuntó al coche que los perseguía. El arma retumbó como un cañón cuando apretó el gatillo.

Alex comprendió que si una de esas balas diseñadas para cazar osos alcanzaba a alguno de sus tripulantes, lo partiría por la mitad, e incluso un impacto directo en el sólido motor del Mercedes podría llegar a detenerlo. De modo que, sin pensarlo dos veces, se levantó de su asiento y, como un defensa de los *Giants*, se lanzó contra el matón con todas sus fuerzas.

El sicario de March oyó una advertencia una décima de segundo antes de que Riley se abalanzara sobre él aullando como un toro enloquecido, y solo tuvo tiempo de girar la cabeza hacia él. Aun con las manos esposadas, la inercia de los ochenta y cinco kilos de peso de Riley bastaron para hacerle perder el equilibrio primero y luego lanzarlo afuera por la portezuela abierta. En el momento en que salió despedido, el pobre diablo dedicó una última mirada de incredulidad a Alex, del tipo *no-me-puedo-creer-que-esto-me-esté-pasando-a-mí*.

Riley vio el cuerpo del matón rebotar en el suelo a más de cien kilómetros por hora y rodar desmadejado hasta desaparecer entre la nube de polvo que los perseguía.

—*Capitaine!* —gritó la voz de Julie, apenas audible por encima del estruendo de los motores—.*Capitaine!*

Alex la distinguió poniéndose en pie en el vehículo. Esta dijo algo más que no logró entender; pero en cambio, oyó claramente una voz de hombre a su espalda clamando:

—¡Lo has matado, hijoputa! ¡Lo has matado!

En un irónico cambio de papeles, ahora era Riley quien estaba asomado a la portezuela abierta y era otro de los matones quien se abalanzaba sobre él como un carnero, dispuesto a proporcionarle el mismo destino que a su malhadado compañero.

Afortunadamente, el capitán del Pingarrón dispuso de un segundo extra que no tuvo su víctima, e hizo lo único que se le ocurrió para evitar que lo empujaran: saltar.

A esa velocidad, la presión del viento casi lo lanzó, pero extendió las manos esposadas hacia delante y logró aferrarse a uno de los cables de acero que mantenía unidas el ala inferior con la superior.

Batiéndose contra el huracán levantado por la hélice, que tenía a menos de dos metros de su cabeza, consiguió situarse de rodillas sobre el ala justo en el momento en que el matón aparecía por la portezuela con una pistola en la mano dispuesto a disparar.

Entonces una ráfaga de balas de plomo proveniente de la Thompson barrió el fuselaje, dejando un collar de impactos muy cerca de la portezuela.

Alex se giró con los ojos desorbitados, pues las balas habían pasado silbando a pocos centímetros de su oído, y vio el rostro de Marovic con una sonrisa de oreja a oreja y ni rastro de una disculpa. El yugoeslavo se lo estaba pasando en grande.

De reojo, Riley advirtió que el matón volvía a asomarse por la portezuela aunque exponiéndose menos. Sin perder la preocupación por que Marco volviera a ametrallarlo, pisó con el pie derecho firme en el ala y propinó una patada a la puerta con el izquierdo. Al cerrarse, la puerta golpeó brutalmente el antebrazo del hombre, que lanzó un grito de dolor, soltó la pistola y cayó de espaldas en el interior del avión, probablemente con la muñeca rota.

Riley oyó un coro de gritos de entusiasmo proferidos por su tripulación, pero se cortaron en seco al mismo tiempo que el traqueteo producido por el rodaje sobre la pista desaparecía de repente.

Estaban despegando.

—¡Salte! —gritó César—. ¡Salte!

La imagen de cómo había acabado el hombre al que había empujado por la portezuela estaba aún viva en la mente de Alex, y tenía claro que no pensaba imitarlo. Si por milagreo sobrevivía a la caída, con toda seguridad quedaría tullido de por vida, y eso era algo que no encajaba en sus planes.

—¡Y un cuerno voy a saltar! —replicó, aunque dudó que lo oyeran.

Por un momento, pensó en esperar a que el avión llegara al final de la pista de aterrizaje, que terminaba abruptamente donde comenzaba la costa. Pero entonces recordó que aquella parte del litoral argelino estaba delimitado por acantilados de decenas de metros de altura. Aunque hubiera agua debajo, la caída sería mortal.

El aeroplano ya se había separado más de un metro del suelo y seguía ascendiendo lentamente pero sin pausa cuando se fijó en que el borde exterior del ala estaba inclinado hacia arriba.

«De perdidos al río», se dijo, y logró ponerse de pie sobre el ala inferior hasta rozar con la cabeza la superior. Eso fue lo fácil; lo complicado era pasar de un cable a otro con las manos esposadas, mientras el viento lo azotaba a más de cien kilómetros por hora.

Enlazó la pierna izquierda al cable en el que se sujetaba y consiguió alcanzar el siguiente estirándose todo lo que pudo. De ahí, se afianzó con ambas manos al soporte de aluminio que unía las dos alas. En ese punto, tenía al alcance el alerón que hacía elevarse al avión. Entonces puso en marcha su insensato plan, que consistía nada menos que en subirse al alerón y obligarlo a bajar.

Alex no tenía una idea muy clara de lo que iba a suceder a continuación, así que cuando de forma inmediata el aeroplano cabeceó hacia la derecha inclinándose peligrosamente como si alguien tirara del ala, estuvo a punto de cambiar de idea. Máxime, cuando al mirar hacia abajo se dio cuenta de que ya estaban a más de diez metros de altura sobre la pista de despegue, que terminaba poco más allá.

Tras el inicial momento de descontrol del aparato, el piloto corrigió la inclinación bajando el alerón de la otra ala, reduciendo la potencia y descendiendo precipitadamente.

Desde su posición en mitad del ala, Alex comprobó cómo su plan estaba resultando.

De repente la portezuela se abrió de nuevo y apareció otro esbirro, disparando de inmediato en dirección a Riley, que se arrojó al suelo del ala para ofrecer el menor blanco posible, y así dejó de forzar el alerón hacia abajo.

Un instante después, el Dragon Rapide tocó tierra en un ángulo demasiado abierto y solo la habilidad del teniente impidió que clavara el morro y diera una vuelta de campana que habría acabado con todos. Aun sujetándose con todas sus fuerzas, Riley sufrió una terrible sacudida que lo lanzó contra el soporte, golpeándose duramente la cabeza.

Sin embargo, el piloto no pudo evitar que, nada más tocar la pista y a pesar de frenar desesperadamente con un penetrante chirrido de metal contra metal, el avión siguiera derrapando a causa de la tremenda inercia que llevaba.

La superficie de tierra de la pista parecía más bien de hielo por la poca fricción que ofrecía a los frenos, y así, tumbado sobre el ala, Alex advirtió cómo el límite del acantilado se aproximaba a demasiada velocidad como para que el avión se detuviera a tiempo.

En ese instante su mirada se encontró con otra que, enmarcada en una melena pelirroja, lo contemplaba fijamente desde el otro lado de una de las ventanillas. Era una mirada resignada y triste, de alguien que comprende que ha llegado su hora y no puede hacer nada para evitarla.

18

En un desesperado intento por detener el aeroplano, el piloto viró a la derecha aun a riesgo de hacerlo volcar, pero era tanta su resistencia que tan solo logró desviarlo mínimamente de una trayectoria que los llevaba directamente al abismo.

Desde su precaria situación en el ala derecha, Riley vio que la caída por el precipicio era inminente.

—Mierda —masculló para sí.

Aún iban demasiado deprisa, y sabía que dejarse caer a aquella velocidad sobre la pista le iba a suponer algún hueso roto, en el mejor de los casos.

Pero la alternativa era mucho peor.

Afirmando los pies sobre la chapa de aluminio del ala, el capitán del Pingarrón aguardó hasta el último momento a la espera de un milagro, aunque tuvo la certeza de que no iba a producirse cuando alcanzaron el final de la pista y el Dragon Rapide proseguía su carrera suicida hacia el vacío. Así que, apretando los dientes, dio un salto hacia atrás con todas sus fuerzas.

Durante casi un segundo se mantuvo en el aire, viendo cómo el avión se alejaba de él rápidamente, pero de inmediato la gravedad hizo su trabajo, arrojándolo de bruces contra la pedregosa realidad y haciéndolo rodar como un ovillo en un remolino de dolor y polvo en dirección al precipicio.

Rodó durante una decena de metros que le parecieron kilómetros, golpeándose en las costillas, las piernas, la cabeza, los brazos y la espalda con infinidad de piedras, hasta que finalmente se detuvo justo en el borde del talud.

Con el rostro hundido en la tierra seca y la boca llena de arena, jadeando como si hubiera corrido un maratón, Alex abrió los ojos y descubrió que aún estaba vivo. Incrédulo y aturdido, levantó la cabeza y miró a su alrededor.

Más allá de una densa polvareda amarillenta, Riley vio las nubes en el cielo, el mar azul bajo el horizonte y el blanco de la espuma de las olas cabrilleando en las crestas mar adentro.

Pero el avión ya no estaba.

Entonces oyó el motor de un automóvil, que se detuvo de un frenazo a muy poca distancia de él, haciéndole temer que, después de todo, terminaría atropellado. A continuación, sonaron un par de portazos y el vozarrón de Jack gritando su nombre.

—*Capitaine!* —exclamó Julie, corriendo hacia él.

Toda su tripulación lo rodeó y ayudó a incorporarse mientras él escupía la tierra que tenía en la boca.

—¿Cómo te sientes? —le preguntó el gallego con preocupación, apoyándole la mano en la espalda.

—Como si me hubiera tirado de un avión en marcha— barbulló Riley, limpiándose los labios con el dorso de la mano.

—¿No se ha roto nada? —preguntó a su vez César, con incredulidad, agachándose ante él con unos alicates del coche.

Una vez el mecánico le hubo cortado la cadena de las esposas, Alex se irguió lentamente y comenzó a palparse el cuerpo hasta que sintió un fuerte pinchazo en una costilla del lado izquierdo. Aparte de eso, había salido muy bien librado del revolcón.

—Estás hecho un *Ecce Homo* —opinó Jack, meneando la cabeza—. Tenemos que llevarte al hospital.

Riley se observó, cubierto de polvo como si lo hubieran pintado de amarillo, con una miríada de cortes, magulladuras y arañazos por los que manaban pequeños hilos de sangre.

—Un momento —dijo de repente, mirando en derredor—. ¿El avión está…?

Marovic torció una sonrisa y señaló el acantilado.

—Abajo.

Con paso vacilante, Riley se aproximó al borde, temeroso de descubrir lo que había sucedido con el aeroplano. Se imaginó el aparato destrozado contra las rocas y cuerpos desmembrados a la vista. Se detuvo un instante y casi trastabilló antes de aceptar que uno de esos cuerpos sería el de Noemí.

—Alex... —dijo Jack, ayudándolo a sostenerse.

—Estoy bien —replicó Riley, desembarazándose del brazo de su amigo y asomándose al abismo.

Necesitó varios segundos para asimilar lo que vio bajo sus pies. Entonces se volvió hacia los demás y con los ojos abiertos como platos, exclamó:

—¡Traed una cuerda! ¡Rápido!

El capitán del Pingarrón se agarró a la pared de arenisca del acantilado, creando pequeños escalones con la punta de las botas a base de patadas y aferrándose con los dedos magullados a la mínima protuberancia que le sirviera de apoyo.

—Estás cometiendo una estupidez —le repitió Jack—. No estás en condiciones de hacer esto. Deja que baje yo, por favor.

Alex levantó la vista hacia la oronda silueta del gallego, que tapaba el sol como si fuera un eclipse.

—Te necesito ahí arriba —mintió Riley, para no insinuar a su susceptible amigo que con esa barriga no iba a llegar muy lejos.

—Pues que baje Marovic —sugirió Jack.

El yugoeslavo levantó las manos y, dando un paso atrás, objetó ceñudo:

—*Niet* —arguyó ceñudo, dando un paso atrás—. No me pagan para eso.

Jack sacudió la cabeza con desaprobación ante la excusa del chétnik, pero Alex ni tan solo se molestó. En el fondo tenía razón. A él tampoco le pagaban para jugarse la vida, para intentar salvar a quienes habían querido matarlo minutos antes. Lo que estaba haciendo no tenía sentido, pero sabía que si no lo intentaba, no podría perdonárselo. Su cuenta de muertes a cargo ya estaba demasiado llena.

Un par de metros más abajo de donde apoyaba los pies, vio la cola del aparato. Colgando en posición casi vertical, el Dragon Rapide parecía un enorme insecto aferrado a la pared. Un insecto de dos toneladas de acero, madera y aluminio, pendiendo milagrosamente del pequeñísimo tren de aterrizaje de cola, que había quedado enganchado en las gruesas raíces de un árbol muerto. Veinte metros más abajo, aguardaba la amenazadora rompiente donde el oleaje se estrellaba con violencia contra las afiladas rocas.

Alex siguió descendiendo paralelo al avión, pero manteniéndose a una prudente distancia. Entonces, la piedra donde apoyaba el pie derecho se desprendió de la pared de arenisca y perdiendo el apoyo, resbaló durante unos segundos interminables, hasta que logró aferrarse de nuevo a un saliente. Había bajado casi dos metros de golpe, arañándose el rostro y las palmas de las manos, cuya sangre se le escurría por las muñecas.

Enganchado a la pared como una lapa, Riley jadeó por el esfuerzo y el dolor, tratando de recuperar el aliento.

—¡Qué pasa con esa cuerda! —exclamó en cuanto recuperó las fuerzas, alzando la vista.

A varios metros sobre él, Jack se giró un momento y, al ver la nube de polvo que se aproximaba a toda prisa desde la terminal, anunció:

—Ya vuelven Julie y César. Parece que… pero… un momento. ¿Qué *carallo*?

—¿Qué pasa? —inquirió Alex—. ¿Traen una maldita cuerda o no?

—Mm… no exactamente —contestó el gallego.

—¿No exactamente? —repitió Alex—. ¿Qué significa eso? Joder, Jack —tosió a causa del polvo que le había entrado en la garganta—, no estoy para adivinanzas.

El segundo del Pingarrón se asomó al barranco con aire confuso.

—Espera un momento, ya casi han llegado —dijo, pidiéndole calma con un gesto—. Será mejor que lo veas tú mismo.

—¿Que espere? ¡Maldita sea! ¿Cómo que espere?

Pero el gallego ya no le prestaba atención y no obtuvo respuesta alguna, así que durante los siguientes dos minutos Riley tuvo que quedarse completamente quieto mientras se tragaba su irritación, mientras oía cómo trasteaban ruidosamente con algún tipo de mecanismo.

Por fin, Jack volvió a asomarse a la cornisa.

—¿Estás listo?

—¡Como no me tiréis ya la puta cuerda os pienso matar a todos!

El gallego se volvió hacia los que estaban con él arriba.

—Dice que está listo —tradujo tranquilamente—. Que cuando queráis.

Alex rezongó una maldición.

—Cuidado, que va —le advirtió Jack.

—¿Cuidado? —preguntó Alex—. ¿Con qué he de tener cuida...?

Antes de terminar la pregunta, algo pesado y metálico golpeó la pared a menos de un palmo de su cabeza. Si hubiera llegado a alcanzarlo, le habría dejado inconsciente del golpe y se habría despeñado por el barranco.

Jack volvió a asomarse.

—¿Lo tienes?

Riley ahogó un improperio mientras le dedicaba un segundo vistazo a lo que le habían lanzado desde arriba.

—¿Pero qué cojones...? —barbulló sin dar crédito—. ¡Es una manguera de bomberos!

—No encontramos cuerda, *capitaine* —se excusó Julie, asomándose—. Así que tomamos prestado el camión de bomberos de *l'aèroport. C'est bien?*

—Está bien, Julie. —Se resignó, incapaz de enfadarse con su piloto—. Pero soltad más cuer... más manguera. Necesito asegurarme.

La francesa dio una orden y la manguera se desenrolló un par de metros más, lo suficiente como para que Alex pudiera enrollársela alrededor de la cintura y anudársela toscamente.

—¡Vale, ya está! —gritó cuando se sintió lo bastante seguro como para separarse de la pared como un escalador en su descenso, apoyando solo los pies—. ¡Ahora id largando poco a poco! —añadió con un gesto circular de la mano.

Desde arriba respondieron soltando manguera hasta que, alzando el brazo, Riley exclamó:

—¡Parad!

Se encontraba a la altura de la portezuela del avión, que se había quedado abierta por el golpe, pero no vio a nadie dentro. De hecho, tampoco a través de las ventanillas rotas o agrietadas, vio movimiento alguno.

—¡Noemí! —gritó—. ¡Noemí!

Silencio.

—¡Noemí, contesta! —insistió.

Solo en ese momento cayó en la cuenta de que había bajado desarmado. Si en lugar de la mujer pelirroja, asomaba por la puerta el matón con justa sed de venganza, estaría tan indefenso como un pato de feria.

—¡Noemí! —repitió una vez más.

En esta ocasión le pareció oír un leve quejido procedente del avión, pero no estuvo seguro debido al rumor del oleaje rompiendo contra las rocas.

Desde donde estaba no podía hacer más.

—¿Qué *carallo* haces? —le preguntó Jack desde las alturas, cuando lo vio balancearse a izquierda y derecha.

El capitán ignoró a su segundo, incrementando el movimiento pendular cada vez que se daba impulso hasta que logró alcanzar el fuselaje del avión y agarrarse a él.

—Soltad más manguera —pidió a los de arriba.

—¡Es una locura! —le advirtió el gallego, al ver lo que se proponía—. ¡Si se cae el avión te arrastrará con él!

—¡He dicho que más manguera! —ordenó, sin tiempo para ponerse a discutir—. ¡Hacedlo ya!

Jack negó con la cabeza para mostrar su desacuerdo, pero se abstuvo de replicar. Sabía que dijese lo que dijese, no le haría cambiar de opinión.

—Suelta manguera, César —dijo contrariado, volviéndose hacia el mulato.

Conforme César manipulaba la manivela del camión de bomberos, Riley se pudo acercar hasta la portezuela lateral y, agarrándose al borde, procurando no apoyarse para no sumar su peso al del aparato, se asomó al interior de la cabina de pasajeros colgando de la manguera anudada a su cintura, como una araña gigante de cuatro patas y barba de dos días.

Tragó saliva de forma involuntaria al comprobar el estado en el que había quedado el interior del avión.

La mitad de las sillas habían saltado de sus anclajes y se amontonaban caóticamente sobre el mamparo de la cabina, pero lo que le heló la sangre fue ver asomar entre ellas el cuerpo de uno de los guardaespaldas, destrozado e inmóvil, con sus miembros torcidos en un ángulo antinatural.

—¡Noemí! —la llamó de nuevo.

Una quejumbrosa voz de mujer preguntó con incredulidad:

—¿Alex?

19

—¿Alex? —preguntó de nuevo, desde el otro extremo de la cabina—. ¿Eres... eres tú?

—No, soy San Pedro —contestó con una sonrisa de alivio—. He venido a juzgarte por tus pecados.

La joven dejó escapar una carcajada seca, sin humor.

—Pues... nos va a llevar un buen rato.

—¿Dónde estás?—preguntó Riley—. No te veo.

—Estoy en la cabina del piloto.

—¿Estás segura?

—Bastante. Tengo al piloto justo al lado. Se ha abierto la cabeza contra el parabrisas.

—¿Y tú estás bien?

—Yo... —hizo una pausa— creo que me he dislocado un hombro y no puedo mover el tobillo. Ah, y me he roto una uña.

—Eso sí que es terrible.

—Si supieras lo que cuesta una buena manicura, no te lo tomarías a broma.

Alex inspiró profundamente y, una vez disipada la tensión inicial, cambió radicalmente de tono.

—Ahora voy a sacarte de ahí —anunció con gravedad—. Pero necesito que salgas de la cabina y te acerques a mí todo lo posible.

Tras un momento de silencio, la voz de Noemí sonó menos animada que un momento antes.

—No creo que pueda.

—Claro que puedes —dijo Riley, tratando de animarla.

—No me he expresado bien. No es que lo crea, es que no puedo. El maldito maletín se ha incrustado en unos hierros.

Alex recordó el maletín metálico, encadenado a la muñeca de Noemí.

—¿Y no tienes una llave para soltarte?

—Claro que la tengo.

—¿Dónde está?

—En mi bolso.

Riley resopló por la nariz. No tenían tiempo para esos juegos.

—¿Y el bolso? —preguntó impaciente.

—No tengo ni idea. Lo llevaba a mi lado, en el asiento contiguo.

—¿Y no lo ves?

—Si lo viera, sabría dónde está, ¿no te parece?

—Oye, que si te viene mal que venga ahora... me lo dices y regreso más tarde.

—Deja de decir tonterías y ayúdame a salir de aquí.

Riley puso los ojos en blanco. Esperar una disculpa de aquella mujer había sido una ingenuidad.

Giró sobre sí mismo y asomó la cabeza por la portezuela.

—¡Necesito más manguera! —gritó.

Durante unos segundos no sucedió nada, y justo cuando estaba a punto de repetirlo creyendo que no lo habían oído, cayó de golpe más de un metro. La manguera alrededor de su cintura le constriñó brutalmente el abdomen, y si hubiera desayunado algo esa mañana sin duda lo habría vomitado sobre el cuerpo que había bajo él.

—¡Joder! —bramó furioso cuando logró recuperar el resuello—. ¡Qué cojones estáis haciendo ahí arriba! ¡Más despacio!

En respuesta, oyó un lejano «perdón» en boca de César. Luego empezó a descender a una velocidad tan lenta que se enfadó aún más, convencido de que lo hacían para fastidiarlo.

Bajo Riley se amontonaban sillas, equipajes y peligrosos trozos de cristal de las ventanas rotas y, en el fondo, el cadáver descoyuntado de uno de los matones.

Mientras descendía a velocidad de caracol, buscaba con la vista cualquier rastro del bolso, pensando que entre aquel caos iba a resultar difícil encontrarlo. Acceder a él ya sería un milagro.

—¿Lo encuentras? —preguntó Noemí como si le hubiera leído el pensamiento, la voz ahogada por los escombros que los separaban.

—Esto es un caos —contestó Alex, que en ese momento alcanzaba las primeras sillas y las apartaba a un lado.

—¿Hay alguien más... con vida?

—Tengo a uno de tus matones justo enfrente, pero se ha roto el cuello. El otro —apartó otra silla— no lo veo. Pero todo está muy quieto por aquí.

—Entiendo... —murmuró—. Uno de ellos es mi tío, ¿sabes?

—Vaya, lo siento. —Resopló por el esfuerzo—. Quizá solo esté inconsciente.

—No lo creo. Es el que lanzaste por la portezuela de una patada.

Riley se detuvo en su tarea de desescombro, para cerrar los ojos un instante y recordar al fulano con cara de boxeador sonado.

—Lo siento —se disculpó de nuevo—. Yo no sabía...

—Era un imbécil —añadió ella sin rastro de remordimiento—. Si no hubieras sido tú, se lo habría cargado otro.

—En fin. Un peso que me quitas de...

Antes de que pudiera terminar la frase, un crujido metálico a su espalda hizo estremecerse el aparato como si estuviera a punto de partirse en dos.

El avión no iba a aguantar mucho más en esa situación tan extrema. El tiempo se acababa.

—No es por meterte prisa —dijo Noemí a unos metros bajo él—, pero...

—Voy todo lo rápido que puedo —replicó Riley, haciendo a un lado el cadáver del guardaespaldas sin ningún miramiento.

Debido a lo precario de su postura, carecía de la movilidad y los apoyos para poder trabajar mejor así que, desechando cualquier precaución, pidió a gritos más manguera y se puso en pie sobre el destrozo.

Pasados los primeros segundos, en los que temió que la suma de su peso hiciera despeñarse al avión, apartó sus temores y comenzó a excavar en aquel estropicio como un minero desquiciado.

—Alex…

—Ya va, ya va —replicó sin dejar de moverse, ignorando el dolor del costado que le mordía cada vez que se esforzaba en apartar algo.

—Alex…

—¡No puedo ir más rápido! —protestó irritado.

—Está saliendo humo del cuadro de mandos —alertó ella con voz tensa.

Riley levantó la cabeza y olfateó el aire como lo haría un sabueso.

Hasta ese momento no se había dado cuenta, pero un inconfundible olor a aceite quemado emanaba desde algún lugar bajo sus pies.

Y entonces lo vio.

Enganchado a un trozo de aluminio desgarrado, el pequeño bolso negro de Noemí colgaba a poco más de un metro.

Sin preocuparse ya de desestabilizar o no el avión, se lanzó hacia delante, escurriéndose entre los resquicios y alargando el brazo en un intento de alcanzarlo.

—Te veo, cabrón —gruñó entre dientes, estirándose hasta donde podía para rozarlo con la punta de los dedos—. Ven aquí…

—Cada vez hay más… —dijo Noemí, tosiendo—. Más humo…

—¡*Mecagoenlaputadeoros*! —bramó Alex, y juntando ambos brazos como si se lanzara a una piscina, se sumergió de cabeza entre los escombros y braceó apartando los hierros, maderas y bultos hasta que alcanzó el bolso.

El humo ya era una presencia visible, emergiendo desde la cabina del avión como si fuera un fantasma espeso y azulado ascendiendo desde el infierno.

—Cada vez hay más humo… Alex…

—¡Ya tengo el bolso! —Se lo acercó a la cara y empezó a rebuscar en su interior.

Pero no encontró ninguna llave. Solo la Beretta.

—¿Está la llave? —inquirió Noemí, casi rogando—. Es pequeña…

Riley pasó la mano por el interior del bolso, palpando el forro en busca de la llave, pero allí no había más que un par de documentos de identificación, algo de dinero y la pistola.

—No… no está —musitó abatido—. La maldita llave no está en el bolso. Se debe de haber caído.

Ella no contestó de inmediato, y Riley temió que hubiera perdido el conocimiento.

—¿Noemí?

—¿Está… la pistola?

—Sí, la pistola está aquí —contestó confuso—. Pero ¿para qué la quieres?

—Si no puedo abrir la cerradura —hizo una pausa para toser—, puedo reventarla.

Alex tardó un instante en comprender a qué se refería.

Era arriesgado disparar en un espacio tan pequeño ya que las balas tienen la mala costumbre de rebotar. Pero en aquellas circunstancias no le parecía que hubiera otro remedio.

—Voy a intentar llegar hasta ti —dijo sacando la Beretta del bolso.

—¡No! ¡Tardarás demasiado! ¡Déjala caer!

Riley trazó una ruta mental de la pistola hasta la cabina del piloto, donde se encontraba Noemí, aún fuera de su vista.

La puerta abierta estaba a menos de dos metros, pero si dejaba caer el arma sin más, había muchas posibilidades de que acabara en cualquier otra parte, lejos de su alcance.

—¡Espera! ¡Tengo una idea! —gritó y soltó el bolso para llevarse la mano al pantalón, desabrocharse la hebilla del cinturón y quitárselo de un tirón.

—Alex... —imploró Noemí entre tosidos— se me acaba el tiempo...

—Ya casi está... —barbulló él, introduciendo un extremo del cinturón por el asa del gatillo y pasándolo hasta que hizo tope con la hebilla—. ¡Listo!

Sin perder un instante, sujetó el cinturón por encima de la Beretta y la fue bajando entre los recovecos que conducían a la cabina del piloto.

Al llegar al final del cinturón, estiró el brazo para ganar algo más de distancia.

—¿La ves? —preguntó entrecerrando los ojos ante el humo que cada vez era más denso y oscuro—. ¿Ves la pistola?

—La... la veo... —contestó ella con la voz apagada—. Suéltala...

Riley soltó el cinturón y el arma impactó contra algo que no vio, provocando un sonido metálico.

—¿La tienes? —preguntó tras un par de segundos.

A modo de respuesta, un disparo ensordecedor reverberó entre las paredes metálicas del avión.

—¡Ya está! —anunció Noemí inmediatamente después.

Un segundo más tarde, asomó entre el humo. Tenía un feo corte en la frente y el rostro ensangrentado, pero se las arregló para componer una sonrisa cansada.

—Gracias —dijo de un modo que a Riley le hizo pensar que no usaba con frecuencia esa palabra.

—Olvídalo —repuso el capitán—. ¿Puedes salir?

Noemí se situó justo debajo de Alex y trató de mover sin éxito una de las pesadas sillas, que había quedado encajonada en la puerta.

—No puedo… apartarla… Hay demasiadas… cosas encima.

Yo mismo, por ejemplo, pensó Riley, que se encontraba cabeza abajo enterrado entre la maraña de escombros, sumando su peso a todo lo que bloqueaba la puerta de acceso a la cabina del piloto. Si ambos estiraban el brazo por el hueco casi podrían tocarse, pero era imposible que entre los dos lograran desbloquear el paso.

—¡Espera! —exclamó Alex, haciendo un gesto con la mano—. Tengo una idea.

—¿Que espere…? —La nube de humo era cada vez más densa y su tos más dura—. Claro… no hay prisa.

Ignorando el comentario y el insidioso humo que le nublaba la vista, esforzándose al límite de su resistencia, Riley reptó hacia arriba, se desató la manguera que llevaba alrededor de la cintura y la enrolló torpemente alrededor de unas cuantas sillas y bultos. Ellos dos solos no tenían la fuerza necesaria, pero arriba tenían un camión de bomberos que podría tirar si no del avión entero, sí al menos de una parte de los escombros.

Rogando por que estuvieran atentos y recordaran bien las señales de buceo, dio un tirón seco de la manguera.

—¡Arriba! —bramó—. ¡Tirad fuerte!

No pasó nada.

Volvió a repetir el tirón.

Pasaron unos segundos interminables y, de pronto, se tensó la manguera y comenzó a tirar quejumbrosamente hacia arriba. Pero Riley comprendió que no era suficiente y, además, la fricción con el marco de la portezuela amenazaba por romperla. Y entonces sí que estarían perdidos.

—¡Parad! —gritó—. ¡Dejad de tirar!

Alex miró a su alrededor con desesperación, buscando alguna herramienta para poder escapar de ese infierno de aluminio en el que el espeso humo apenas permitía ver más allá de la mano extendida.

—Noemí —la llamó temiendo que hubiera perdido el conocimiento—, ¿me oyes?

Hubo un silencio, largo y terrorífico, interrumpido al fin por un apagado acceso de tos.

—Noemí —insistió Alex, confiando en que siguiera consciente—. No ha funcionado. Probaré otra cosa.

Esta vez, la voz de ella sonó lejana y rendida.

—No... —Se produjo otro silencio interminable—. No hay... tiempo...

—¡Sí que hay tiempo! —arguyó Riley, sabiendo que era mentira—. Te sacaré de ahí.

Entonces, como si Dios hubiera dado un puñetazo en la mesa para dejar claro quién decidía sobre la vida y la muerte, una pequeña llamarada estalló en la cabina y de pronto lo que había sido un humo asfixiante se convirtió en un incendio incipiente.

—¡Fuego! —gritó Noemí aterrorizada—. ¡Fuego!

Alex miró hacia arriba, a la manguera, y se abalanzó sobre ella pensando en usarla para apagar el incendio.

—¡Aguanta! —gritó—. ¡Aguanta!

—Oh, Dios mío...

—¡Aguanta!

—Alex... —Su voz era un lamento desesperado.

—¡Ya voy!

Ella pronunció de nuevo su nombre, pero esta vez a modo de despedida y casi inaudible por el crepitar del fuego:

—Alex, yo... Gracias... pero no... puede ser...

—¡Aguanta!

—No... yo...

Riley oyó el clic del percutor de la pistola.

—Adiós, Alex.

—¡No!—aulló Riley desesperado—. ¡No lo hagas!

Un disparo tronó en el interior de la cabina.

20

Tres días más tarde, cuatro hombres y una mujer se sentaban alrededor de la mesa del comedor del Pingarrón, fondeado frente a la bocana del puerto de Orán. El sol se ponía en ese momento tras el Fuerte de Santa Cruz, proyectando una luz apática y perezosa a través de los ojos de buey, apenas iluminando lo bastante como para que pudieran verse las caras.

—¿Ya ha podido hacer la medicina, *docteur*? —preguntó Julie.

Rieux negó con la cabeza.

—Aún estamos en fase de cultivo, multiplicando la cepa hasta que tengamos suficiente para que podamos convertirla en penicilina. Tenía muy poca, así que el proceso tardará aún una o dos semanas.

—Pues dé gracias —apuntó César, cruzándose de brazos—, a que a mi esposa se le ocurrió extraer una muestra de la probeta antes de hacer la entrega. Si no, no habría tenido nada de nada.

—Claro, claro... —asintió conforme el doctor—. Aunque permítame recordarle que si no llega a ser por ustedes, nada de esto habría pasado.

—Se equivoca —lo corrigió el mecánico—. Habrían enviado a otros con menos escrúpulos y usted estaría ahora flotando en el mar, y la vacuna en manos de los nazis.

—¿Me está diciendo que les tengo que estar agradecido? —Alzó las cejas con incredulidad—. Le recuerdo que por cada día que he perdido por su culpa —miró a todos los presentes—, mueren decenas de enfermos por no disponer del tratamiento.

—¿Por nuestra culpa? —inquirió César, señalándose con el pulgar—. Si no fuera por...

—Ya basta —lo interrumpió Jack—. Los dos. Lo hecho, hecho está. Deberíamos estar contentos de haber recuperado la cepa y evitado que March se apoderara de ella y, lo más importante de todo —alzó el vaso de ron que tenía en la mano—, de estar todos vivos y de una pieza.

—No todos —dijo Riley con voz apesadumbrada.

Cinco cabezas se volvieron en su dirección al mismo tiempo.

Desde la puerta, con una venda sobre la frente y el brazo izquierdo en cabestrillo, él los observaba en silencio. En la mano derecha aguantaba una botella de Gordon's a medio beber.

—*Capitaine* —dijo Julie, a punto de levantarse.

Riley la detuvo con un gesto.

—No me refería a... —comenzó a explicarse el gallego.

—Sé a lo que te referías —lo atajó.

De forma algo tambaleante, el capitán se aproximó y ocupó una de las sillas libres junto a Jack, dejando la botella sobre la mesa con un golpe seco.

—¿Cómo estás? —le preguntó su segundo, apoyándole la mano en el hombro para confortarlo.

Alex miró la mano de reojo, como si se le hubiera posado una mosca especialmente grande, y la apartó sin miramientos.

—Estoy perfectamente —dijo de mala gana.

—Tu cara no dice lo mismo.

—Pues es la que tengo.

—Debería hablar de ello —sugirió Julie, inclinándose sobre la mesa—. La ginebra no lo va a ayudar, *capitaine*.

Riley miró a lado y lado de la mesa, frunciendo el ceño.

—¿Qué coño es esto? ¿Me he metido en una reunión de Alcohólicos Anónimos sin saberlo?

—Solo queremos ayudarlo —señaló César.

—Cuando necesite vuestra ayuda, os la pediré —replicó demasiado rápido y cortante.

—¿Todo esto es por esa zorra? —quiso saber Marovic, con su sutileza habitual—. ¿La misma que nos habría matado a todos sin pestañear?

—¡Cierra la puta boca, Marco! —le espetó Jack.

Esta vez fue Riley quien puso la mano sobre el hombro de su amigo, pero para hacerlo callar.

—Déjalo —dijo—. Tiene razón.

—No diga eso, *capitaine* —lo reprendió Julie.

—Había algo roto dentro de ella —prosiguió Riley, mirando fijamente la botella—. Era… Quería pensar que había algo más. Que esa actitud imponiendo miedo no era más que una pose para ganarse el respeto de los que la rodeaban… pero, no sé —resopló por la nariz, desenroscó el tapón de la ginebra, le quitó el vaso vacío a Jack y lo llenó hasta el tope—,seguramente, me equivoqué.

Se bebió la ginebra de un solo trago mientras los demás lo observaban en silencio, sin saber qué decir.

Esa no era la primera muerte de la que se responsabilizaba su capitán, y ya arrastraba de antes una culpa monstruosa debido a lo sucedido años atrás, en las faldas del cerro Pingarrón durante la guerra civil española. Lo oían beber por las noches en su camarote, recitando en ocasiones los nombres de aquellos a los que había mandado a la muerte una fatídica madrugada de febrero de 1937, sollozando calladamente hasta caer vencido por el sueño y el alcohol. Todos lo habían oído en ese estado, y todos guardaban siempre un silencio tácito e incómodo al respecto, incluso Marovic.

—No es verdad, *capitaine* —volvió a reprocharlo Julie con suavidad—. Usted no se habría arriesgado tanto por… alguien así.

Riley le devolvió una mirada de reojo.

—Es que soy así de generoso .

Jack dejó escapar un sonoro carraspeo.

—¿Algo que objetar?—le espetó Alex.

—¿Que eres idiota se considera objeción?

Riley sintió cómo la cólera crecía en su interior y le ascendía por la garganta como un géiser a punto de estallar. Una cosa era decirle esas cosas en privado, merced a la larga amistad que le otorgaba ese grado de confianza, y otra muy diferente era hablarle de ese modo delante de la tripulación y de un invitado. Algo así podía dañar definitivamente la disciplina a bordo del Pingarrón.

En su cabeza se estaba aún formando una respuesta contundente, cuando el gallego añadió:

—Es evidente que sentías algo por ella. Hasta el buen doctor —señaló a Rieux, que asistía atónito a la escena— se ha dado cuenta. *Carallo*, incluso Marco lo ha visto. Engañarte a ti mismo es una idiotez y lo único que conseguirás con eso es sumar una crucecita más a tu lista de pecados imaginarios. —Clavó su mirada en los ojos color miel del capitán—. No podrás pasar página hasta que lo asumas.

Riley crispó tanto los dedos alrededor del vaso que parecía que iba a hacerlo estallar.

—Pasaré página cuando me salga de los cojones.

—¿Y qué pasa con March? —intervino César en un intento de cambiar el rumbo de la conversación antes de que los dos amigos acabaran a puñetazos.

—¿Qué? —replicó Alex, irritado por la interrupción.

—March. ¿Qué va a pasar con él ahora? O mejor dicho… ¿qué va a pasar con nosotros?

—No estoy seguro —confesó Riley tras resoplar por la nariz—. He hablado esta mañana con él, por teléfono.

—¿Y?

—No lo sé, la verdad. Noemí lo llamó antes de… —respiró hondo y prosiguió—lo llamó para decirle que habíamos cumplido nuestra parte del trato.

—Entonces, *tout est bien*, ¿no? —apuntó Julie.

—Puede. —Volvió a llenar el vaso y se lo bebió de un trago—. Pero cuando descubra que aquí nuestro amigo —miró a Rieux— está administrando a los enfermos de Orán una medicina que se supone que no debería tener…

—Por eso he explicado en el hospital que la cepa que estoy usando para sintetizar la penicilina me la ha traído un colega de los laboratorios que secretamente colabora conmigo —objetó Rieux—. Para que nadie sospeche de ustedes.

Alex chasqueó la lengua.

—Joan March es muchas cosas pero tonto no. En algún momento atará cabos, y puede que al final averigüe también lo sucedido en el aeródromo. Y entonces tendremos problemas.

—Vaya, hoy te has levantado optimista, ¿eh? —lo recriminó Jack.

Riley sintió cómo de nuevo volvía a crecer su ira.

—Y tú con ganas de recibir un buen puñetazo en la cara.

—Primero tendrías que aguantarte en pie —replicó el gallego, lejos de preocuparse.

—La madre que te... —Riley echó la silla hacia atrás y se levantó de golpe—. Te voy a... —gruñó colérico, pero al mismo tiempo sintió el barco moverse como si de pronto se encontrara en medio de un temporal. Enseguida comprendió que no era el barco sino él, y no tuvo más remedio que volver a sentarse, dirigiendo una torva mirada a su segundo—. Luego hablaremos tú y yo —lo amenazó apuntándolo con el dedo.

En respuesta, Jack le guiñó un ojo, como si todo eso no fuera más que parte de una broma.

—¿Y cuándo nos va a pagar por el trabajo? —quiso saber Marco, formulando la pregunta que todos tenían en mente.

—No lo sé —masculló Alex, haciendo un visible esfuerzo por recobrar la dignidad.

—Pero... nos pagará, ¿no? —preguntó César.

—Tampoco lo sé. Creo que no lo hará hasta estar seguro de que no se la hemos jugado.

—*Merde*.

—Habrá que esperar y ver qué pasa —añadió Alex, retrepándose con cansancio en su asiento—. Pero con lo que ha pasado, creo que nos podemos dar por satisfechos si March no manda hundir el Pingarrón con nosotros dentro. Todo este asunto ha sido un completo desastre. Ojalá nunca hubiéramos entrado en aquel bar de Cartagena.

—Entonces, como ustedes dicen, ese tal Joan March habría mandado a otros en su lugar —le recordó Rieux—. Me habrían asesinado, habrían dejado morir a la gente de Orán, y los nazis tendrían la penicilina para ayudarles a ganar la guerra. A pesar de todo… me alegro de que hayan sido ustedes —paseó la mirada por la tripulación— los que aparecieron en el *Genoa*.

Ninguno respondió ni le dio las gracias. Habían arriesgado demasiado y logrado demasiado poco como para sentirse orgullosos de nada. Lo único que siguió a la declaración de Rieux fue un largo e incómodo silencio, que rompió Marovic alzando la mano como un colegial:

—Yo tengo una pregunta.

—¿Qué pregunta, Marco? —dijo Riley, previendo una recriminación por no haber cobrado por adelantado o algo por el estilo.

—Al final —esbozó una sonrisa lujuriosa—, no nos ha explicado si las pelirrojas son… completamente pelirrojas. —Dirigió una mirada fugaz a su entrepierna, por si no había quedado suficientemente clara la pregunta.

—¡Marco! —lo reprendió Julie con cara de asco—. ¡Eres un *cochon*!

Los demás la secundaron de inmediato, y Marovic encajó los reproches con cara de desconcierto.

—¿Sabéis qué? —dijo Riley, poniéndose en pie trabajosamente—. Os podéis ir todos al cuerno. Yo me voy a dormir.

Se apoyó en el respaldo de la silla para ponerse en pie y se dirigió hacia la salida con una deriva considerable en el rumbo.

—Alex —lo llamó Jack, cuando ya estaba a punto de marcharse—. Una última cosa.

El capitán se dio la vuelta a regañadientes, recostándose sin disimulo en el marco de la puerta.

—¿Qué? —gruñó malhumorado.

—Casi se me olvidaba —dijo el gallego, llevándose la mano al bolsillo de la camisa y sacando un pequeño recorte amarillento—. Ayer encontré esto en *L'Echo d'Oran*, el periódico local. Habla del accidente del Dragon Rapide en el aeródromo y el posterior incendio. No menciona siquiera la posibilidad de que no fuera un accidente al despegar.

—Ya —contestó sin demasiado interés y dispuesto a irse a su camarote.

—¡Espera! Hay una cosa más.

Alex chasqueó la lengua con impaciencia.

—Termina de una puñetera vez. Me quiero ir a la cama.

Ignorando el tono arisco, Jack levantó el recorte como si estuviera mostrando una tarjeta amarilla a un jugador de fútbol y continuó:

—Dice aquí que se encontró el cuerpo de un hombre en la pista de aterrizaje, que se supone que cayó del avión cuando estaban despegando, y encontraron otros tres calcinados e inidentificables en el interior del avión, que finalmente cayó al mar.

Haciendo un esfuerzo por mantener a raya un incipiente dolor de cabeza, preguntó sin interés:

—¿Y?

Joaquín Alcántara alzó las cejas con sorpresa.

—¿Cómo que «y»? —Resopló por la nariz—. Tres cadáveres calcinados, Alex. ¿Es que no te das cuenta?

—Claro que estarían calcinados, joder —comenzó a replicar, molesto con tanta adivinanza—. ¿Cómo quieres que estén después de que el avión se quemara?

—Tres —repitió Jack interrumpiéndolo y levantando tres dedos para dejarlo más claro aún.

El embotado cerebro de Riley aún necesitó unos segundos para hacer las cuentas.

—¿Tres? —preguntó entonces, súbitamente despejado—. ¿Estás seguro?

—Es lo que pone aquí —aclaró el gallego—. Y, según tú, eran cuatro en el avión cuando este se estrelló: el piloto, los dos matones y Noemí, cuatro en total. No ha sido hasta esta tarde que he caído en la cuenta.

—Pero... no es posible —balbució Riley—. Yo le di la pistola, y ella...

—¿Viste cómo lo hizo?

El capitán del Pingarrón intentó hacer memoria.

—No, en realidad... no —contestó con la mirada perdida—. Había demasiado humo. Solo oí el disparo y ella no volvió a contestar. Pero... no es posible. —Meneó la cabeza—. No habría podido sobrevivir al fuego y el humo.

—¿Y si en lugar de dispararse ella misma —aventuró Julie, frotándose el mentón— hubiera disparado al *para-brise* y salido por ahí? Dijiste que estaba en la cabina, ¿no?

—Así es —corroboró César—. Y si rompió el parabrisas de la cabina, quizá pudo salir del avión por abajo sin que la viéramos y saltar al mar.

Alex consideró esa posibilidad, pero terminó negando con la cabeza.

—No... eso no tiene ningún sentido —arguyó ceñudo—. De haber salido del avión, me habría avisado para que la ayudara. Estaba herida.

—A mí no me pareció una mujer de las que pide ayuda —argumentó Jack.

Riley continuaba sin estar convencido.

—Si hubiera sobrevivido, ya se habría puesto en contacto con March... y la conversación que he tenido con él hace un rato habría sido muy diferente.

—Al contrario —atajó Jack—. Si acaso sobrevivió, dudo mucho que quisiera ponerse en contacto con su jefe. Al fin y al cabo, perdió la cepa en el incendio y, por lo que sabemos, Joan March no es de los que perdona los fracasos... ni siquiera los de sus empleados, aunque sean chicas guapas.

—¿A dónde quieres llegar?

El gallego se guardó de nuevo el recorte en el bolsillo.

—Quiero llegar —dijo tranquilamente— a que si, según tú, los dos matones y el piloto estaban muertos... podría ser que nuestra amiga se las ingeniara para escapar del avión y engañarnos a todos. Incluido al propio March.

Riley escuchaba las palabras salir de boca de su amigo y, a pesar de su lógica, una voz en su cabeza le decía que eran demasiado increíbles, que no podían ser.

—No... no es posible —repitió una vez más.

Jack se retrepó en la silla y cruzó los brazos, aparentemente satisfecho de sí mismo.

—Ya lo creo que sí. Es más... estoy bastante convencido de que, más pronto que tarde, volveremos a saber de ella.

Alex se lo quedó mirando durante un instante, para cerciorarse de que el gallego hablaba totalmente en serio. Luego paseó la mirada por el resto de su tripulación y vio en ellos el mismo gesto convencimiento.

—Tenga fe, *capitaine* —dijo Julie, asomando una sonrisa piadosa.

—Fe —repitió Riley, paladeando la palabra como si careciera de significado y, meneando la cabeza abandonó el salón.

Cruzó la puerta que daba al puente y allí se acomodó en la silla giratoria de madera, instalada frente al timón.

Inevitablemente, su mirada se dirigió hacia la cercana Orán, ahora envuelta en las largas sombras del ocaso, que encubrían sus miserias y aliviaban a sus habitantes del tórrido calor del día.

¿Podría tener razón Jack?, se preguntó, contemplando la constelación de luces en la ciudad. ¿Podría haber sobrevivido? ¿Estar tras alguna de aquellas ventanas? ¿Quizá observando en ese mismo momento la silueta del Pingarrón fondeado frente al puerto?

—Fe —resopló.

En aquella ciudad a media milla por la amura de estribor, había miles de hombres, mujeres y niños, a los que la fe no les había servido de gran cosa.

Y entonces le sobrevino el recuerdo de sus camaradas muertos en la colina del Pingarrón, en Belchite, en Teruel... y pensó en todos aquellos enfermos que, por su causa, también morirían al no recibir a tiempo la penicilina de Rieux. Comprendió que allá por donde pasaba, dejaba tras de sí un rastro de sufrimiento y muerte, como si estas lo acompañaran como una sombra; como si él, Alexander M. Riley, fuera la verdadera plaga. Un puñetero jinete del apocalipsis cabalgando hombro con hombro junto a la guerra y la peste.

Con la culpa aplastándole como una lápida, Riley agachó la cabeza y, apoyando la frente sobre la rueda del timón, rezó por primera vez en muchos años.

—Sé que tú y yo no nos llevamos bien y que no tengo derecho a pedirte nada, pero por una vez... —tensó la mandíbula— por una maldita vez, me gustaría ver esa misericordia de la que tanto presumes —inspiró y exhaló el aire con lentitud para calmarse—. Perdón... yo... es que ya estoy harto de que la gente muera por mi culpa. Ya basta —negó lentamente con la cabeza—. Lo que tenga que pagar por mis errores, cóbramelo a mí, así que haz una jodida excepción a tu regla de hacer milagros cuando te da la gana, y permite que ella viva. Sálvala, por favor... —concluyó, crispando los puños sobre el timón—. Sálvala, y te deberé una.

Entonces, el capitán Alexander M. Riley suspiró largamente, fruto de un recóndito cansancio que arrastraba desde hacía demasiado tiempo. Luego abrió los ojos y dirigió su mirada hacia el horizonte, donde una plateada luna llena flotaba incólume sobre las aceitosas aguas del puerto. Impresa en el firmamento, como esos marchamos con los que se rubricaban antiguamente los contratos. Como el lacre de una promesa, sellada en el cielo sobre Orán.

NOTA DEL AUTOR

Y aquí termina (de momento) esta pequeña historia. Espero que le haya gustado y si quiere saber qué les sucede a continuación a Riley, Jack y compañía; explorando el corazón salvaje de África, luchando en la Batalla de Belchite o enfrentándose a los nazis en el Mediterráneo, puede hacerlo ahora mismo con las otras novelas de la serie *Las Aventuras del Capitán Riley.*

Eso sí, antes de que se vaya, le agradecería muchísimo que dejase una reseña en Amazon de esta novela que acaba de terminar (aun que sea breve, es muy importante para que otros lectores se animen a leerla).

Luego le invito a tomar su petate, a meter dentro un par de mudas y enrolarse como tripulante en el Pingarrón. El camarote es pequeño, la paga poca y el riesgo mucho; pero le garantizo que el viaje valdrá la pena.

Aunque no se lo piense mucho, pues la marea está subiendo y el capitán ha dado orden de zarpar.

Venga, embarque y navegue hacia lo desconocido. La aventura le está esperando.

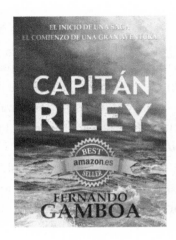

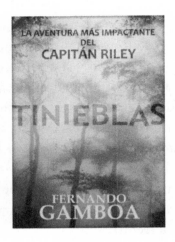

Otras novelas de Fernando Gamboa

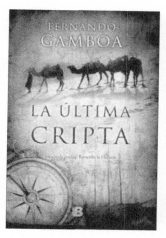

AGRADECIMIENTOS

Esta novela no habría sido posible sin la colaboración de muchas personas cuyo nombre no aparece en la portada. Por eso quiero dar públicamente las gracias a mi familia y a mis amigos, por su apoyo y su inestimable ayuda para mejorar el manuscrito.

Sin vosotros, *El cielo sobre Orán* no habría sido lo que ha terminado siendo.

Fernando Gamboa

Encuentra más de Fernando Gamboa en:
Amazon
Twitter & Facebook
www.gamboaescritor.com

Made in United States
North Haven, CT
14 September 2022

24137685R00104